琴剑诗系·全国公安实力派诗人丛书

徐国志
诗选

全国公安文联／选编

群众出版社
·北京·

图书在版编目（CIP）数据

徐国志诗选 / 全国公安文联编．—北京：群众出版社，2016.10

（琴剑诗系·全国公安实力派诗人丛书）

ISBN 978－7－5014－5577－5

Ⅰ.①徐…　Ⅱ.①全…　Ⅲ.①诗集—中国—当代　Ⅳ.①I227

中国版本图书馆 CIP 数据核字（2016）第 228208 号

徐国志诗选

全国公安文联　选编

出版发行：群众出版社

地　　址：北京市丰台区方庄芳星园三区 15 号楼

邮政编码：100078

经　　销：新华书店

印　　刷：北京普瑞德印刷厂

版　　次：2016 年 11 月第 1 版

印　　次：2016 年 11 月第 1 次

印　　张：6.375

开　　本：880 毫米×1230 毫米　1/32

字　　数：148 千字

书　　号：ISBN 978－7－5014－5577－5

定　　价：29.00 元

网　　址：www.qzcbs.com

电子邮箱：qzcbs@sohu.com

营销中心电话：010－83903254

读者服务部电话（门市）：010－83903257

警官读者俱乐部电话（网购、邮购）：010－83903253

文艺分社电话：010－83903973

目　录

总序

公安战士的文化风范与盎然诗情

梁鸿鹰

警察有警察的风范，战士有战士的情怀，他们的文化追求，他们的精神世界，值得嘉许和褒扬。托尔斯泰曾经说过，人类被赋予了一项重要工作，那就是精神的成长。而在人精神成长、内心世界丰富的进程中，诗歌往往可以发挥至为重要的作用。有诗情、会写诗的人，他们更会生活，更有工作的激情和爱的能力。放眼全国公安队伍，杨锦、侯马、田湘、胡丘陵等一大批用自己的业余时间在文学世界里驰骋的人，就是有精神追求、有文化情怀的人，他们有作为人民卫士的博大胸襟。同样，他们以诗人永不衰竭的歌喉，歌唱理想、呼唤美好、维护正义，体现出的独特诗情，体现着当代文学的独有风范。

事实上，在我们这个诗的国度里，诗言志，同时诗向来润物细无声。在当代公安文化的建设中，诗歌起到的作用向来十分突出，奋起、担当与参与，使之成为文化的轻骑兵，鼓舞干劲、激扬斗志、暖人心怀。战士有战士的情怀，属于国家；公安人有公安人的诗情，源于责任。因此，当海地维和武警兄弟遇难的时候，诗人、散文家杨锦用发自内心的诗章接战士们的遗体回家，他感叹“大地在颤抖中将海地揉碎，当加勒比海不再湛蓝，哭泣的太子港撕裂为世界最终的伤口。当蓝色贝雷帽被黑暗压埋，心的碎片像瓦砾般散落，无法捡拾”。而当高原舟曲灾难袭来的时候，杨锦写下《格桑花在守望》，“啊，圣洁的高原之花，在风雨中挺立，不放弃绽放，让希望在高原上盛开”。正是这样的诗情，将大爱播撒，将大义传扬。诗人贾卫国与他一样，诗句里充满阳刚之气。面对抗战的英烈，他感慨“我听见　从一只手的血管里　传来轰鸣的声音/牙齿咬碎了　一粒粒子弹在枪膛里屏住呼吸/今天　当我无意中目睹了这座骨头铸就的壁垒/必须提醒我的孩子　这是大地深处从未停息的冲锋”。而在森林公安诗人孙敬伟看来，祖国永远是诗人情怀中最神圣的所在，他想象的世界，永远把祖国置于至高无上的位置，他说“祖国，我宁愿一生饱尝委屈和痛苦/也不愿意让你受到任何伤害/我的诗是溢满眼眶的泪水/永远也写不尽你的欢乐与悲哀”，这是他深沉情愫的最直接表达。

擅长以理性的批判和清醒的历史意识穿行于社会、政治、历史和文化的公共空间的胡丘陵，在这部诗集里，将诗的实用性与纯洁性区别开来。注重从记忆深处提取经验，叙述经由畅想达到人情、人文、悲悯、忧伤和正义，透露出当代诗学别开生面的美学趣味：超美学、杂美学，即把诗学从形式主义的牢笼拯救出来，进入生命、生存、生态的广阔界面。

诗无疆界，诗无达诂，拥有诗情的人，就像掌握了进入多彩人生与瑰丽世界的魔棒与钥匙，他们也许不想刻意追求成为世上无谓的、假意幸福的人，但他们希望成为拥有对故乡、对土地怀有炽烈情怀的人。正如邓醒群所说，“因为小草，因为粮食，因为生命/从今天起，我只专注/神圣而永恒的土地”。诗情的可贵往往源自眼光的独特，因拥有看世界的独特视角而使诗情卓然，这是足以让人羡慕的。如同云南的公安战士舒显富（芒原）感受的那样，一种对抗岁月流逝的冲动使他躁动不安，他说“冷是暖的石磨/而诗人却和时间缠斗，在树下厮磨/杀书，磨字，饮鸩止渴”，我喜欢这“杀书”的劲道，我欢呼这“磨字”的决绝，一个诗人，假如失去了进入诗意世界的独特路径，无异于谋杀了诗意。辽宁的公安诗人杨明山那些致力于古体诗歌创作的成果，格外吸引人，在诗坛上，能够贯通古今，修得一种亲切自然之功，那是很不容易的，比如他的《七绝·寄远》：“迢迢漫道望君时，几缕相思暗自知。却尽铅华一樽酒，清茶两盏再谈诗。”诗、酒、茶、友谊，在他这里浑然一体，言简意赅，同样是因为他掌握了通往诗意的密钥。

我们生活在这个世界上，能够以诗的名义，能够把大千世界缩微在那参差不齐的字句中，能够以蓄意的节奏和随意的韵律表达自己对世界的敬意，把对生活的感悟争取到自己的内心，这种难得的情怀，在逐利的时代显得格外优雅。女诗人刘一民的诗，当歌则歌，当哭则哭，但绝不放弃对深邃与优雅的追求，“比起秋天，冬天更疼我/它从梅花的芳香里，剥出/寂静和风暴，送给我/并让它们将我紧紧拥抱”。这些句子，固然属于女性，但更属于有情怀的战士。而在沈国徐看来，诗是触及灵魂的文体，高于语言、处于文字之外，“能借个地方说话吗/青春不在，故人大多远去/时间就像一把毒药”。这些句子，记录的是对往昔的无奈，在我们的灵魂中，永远留着一块地方，是给一去不复返的东西的，在他的眼里，流逝的，更值得记忆，因为可以随时提醒我们，什么才是真正值得珍视的。李尚朝是20世纪90年代成名的诗人，他的诗情来自生活最富于质感的地方，对一个时代的精神状态有着准确的把握。他在其《大雪》一诗里说，“大雪来得正是时候/十个人看见了仆伏的草/一个人看见了站着的树//我在十一月看到一场大雪/像多年前的灰烬漫天飞洒/一个人站着，像多年前的一团火/雪花硕大，他一语不发”，让人看到精神萎靡的人群里那些人格独立的时代形象。而徐国志永远把最本真、最质朴的诗情送给乡间让他温暖的一切，“时至今日　乡间让我温暖/让我俯瞰一片谷穗的碰撞/秋风在谷底　在河滩　牵出/一条溪水　细细的溪水/试图拉起身后的/大山　让我们沿着河滩/贴近谷底　融入溪水的山涧/追溯秋风的底细　回到土地/深处　回到一棵谷穗的饱满”。这种“饱满”是热爱之后的欣赏，浸透了对燕山草木的深情。孙学军的诗歌文本是他内心的呈现与关照，是他自我灵魂的拯救。他的诗歌文本单纯古朴、秀润纤细、凝重酣畅，是他精神思维的再凸显，更多的时候他关注低处的生存现状，并在山河万物、一草一木、锅碗瓢盆以及琐碎的生活物象里参展，扩及自己的精神维度。他的诗既有深度意象的东西，又能通过适当的叙述营造语境，妙在控制力十足。

这些战士有情怀，这些情怀属于当下，连接着过去与未来，属于最美好的精神创造。

是为序。

（作者系《文艺报》总编、著名文学评论家）

总有土路回到故乡

一场春雨平息了连天的烟尘
山桃花大清早赶到面前
在人间　只有草木不辜负时令
只有山桃花跳起来　举着半个山洼
一瓣一瓣地在阳光下打开内心
这些桃花　这些耀眼的小仙女
停一停　留给枝头六七日芬芳
便一路北上　像是谁规定好了方向
还有柳树梢头的两只喜鹊
旁若无人地骂俏搭窝
仿佛春天是它们的庭院
而我只想找回来时的那条土路
春天里　扛着两袋眼泪回家

想回老家的山岗走走

想回老家的山岗走走
要起早　赶在炊烟前面
趁太阳还没冒红　牛趴在圈里倒嚼
邻家的大爷没有摇出第一桶井水
村前的土路没有碾过拉柴火的轱辘车
选一个响晴天　能看清山外面的山
第一道霞光朝圣般地从山顶摸过来
村庄牛羊挺拔的钻天杨　悠闲地接受洗礼
看见山脚的石头院落　还是山皮土的颜色
园子里小葱放绿　穿黑棉袄的人影正在翻地
一锹一锹地将阳光压进泥土里
小南风吹着
两三只喜鹊在树枝停一停
又衔起落在地上的影子　赶场一样
投向山北面的杨树林
在清明时节　杏花开时……

黄土贴

格格　我领你认下这些亲人
爷爷奶奶许许多多祖先
都是黄土喂养的　不要怕
还有无数的邻居和伙伴
有村庄　还有花草蝴蝶
门前有一队杏树　开春时
我还会种下大片薰衣草
草木率真　不会大声说话
也不会穿黑色的衣裤[①]
黄土坡向阳安静　我在
不远处的人间　会时不时地
拨开炊烟和杏树枝丫看你
我等待着　冬天过后
黄土坡走下抱着花束的女儿

---

① 2014年七夕节，是女儿格格18岁生日，生日的喜庆还未散去，隐疾复发，在和汹涌的病势抗争两个月后，最终不治……格格从小害怕黑衣黑裤。

风吹出一颗卵石

风继续吹
浪花搓成沙粒
满河床的卵石一一凸显
仿佛河流长出了结节
河水在黄昏流去天外
只留下流光
漫在河床上辗转
自从女儿
在风中走失
日子便在阳光里钙化
多像河床捧出的一颗颗卵石

墓碑辞

大地萌发　小草张开嘴巴
春天里　微小的事物也要表达
墓碑为消失在地平线的亲人说话
那棵弯弯的柳树下面埋着父母
坟土黑黢黢的　蒿草枯死了
几步外是二娘
二娘等了二伯父多半辈子
最后也没有
等到被抓兵丁的二伯父的死讯
埋二娘时
父亲在坟前栽了棵榆树
替二娘等
现今榆树也白发苍苍
清明上坟时
榆树上落满了喜鹊

麻雀记

麻雀瘦小　小到常常与落叶混淆
午后天空越来越沉　就要压迫屋顶的天窗
最后挤碎半院子雪花的身体
我擦净阳台的窗户　细数
房前被除夕的烟花烧黑的草坪
雪花有没有将魆黑的枯草盖住
却看到有草叶在动
仿佛翻滚着更细小的事物
起初是几叶　接着连成片
我正看得出奇　对面的门口
滚出一团呜呜叫的小兽
这片会动的草“呼”地腾起
呼啦啦地返回一丛迎春树上

祖母的炊烟

纤细　袅娜　被风拉起
最后淡化在蓝天上
这是祖母的炊烟
是祖母用一根根柴草
编织　搭起来的
祖母的炊烟被风化开
又在蓝蓝的天空上
聚拢　开成云朵的棉花
隔着落日　也能闻到祖母的白发
祖母的炊烟温暖招摇
弥漫乡村和黄昏的气味
每当夕阳西下的时候
总想沿着土路回家

月亮赋

山不太高　还裹着青白的围巾
月亮好大　明晃晃的旁若无他
白天的吵闹声停歇下来了
几棵钻天杨　遗落连片的阴影
滦河依靠燕山　哗哗地寻找出路
月亮地里　模糊的石头变得轻柔
黄土梁的秃顶泛泛成月光广场
不远处有一串灯笼　慢吞吞地
走走停停　像是村庄在梦游
之后一只夜鸟惊叫一声
月亮便蒙头钻进了黑夜里面
人间和草木的梦乡鼾声四起

草籽

把你轻轻地送入墓穴
像放进
一粒草籽
将九个布娃娃
还有你喜爱的风衣红皮鞋
一起放进去
心搬空了
像一根草茎
风再吹一吹　会连根飘起
格格啊
你是风随手撒进故乡的草籽
我们便是被吹来吹去的飘蓬

乌鸦

现在好了　将黑夜缩为一团
一只鸟窝就能容纳它
给它插上会飞的翅膀
只要许可　一句责骂　一块石子
就赶它离开
飞过生活的疆界
所有这些
是我在黎明时分　才知道的
想告诉谁的时候
却什么也找不见了

雪

需要一场雪　把山野妆扮干净
需要铺天盖地的洁白　才能
描摹我内心的汹涌　需要
山川寂静无声　需要一只鸟
点缀这空　这白
雪说下就下了　太阳躲在外面
格格啊　一切还没有准备好
你比光线还迅捷　倏地就
融进雪里　再也分辨不出
一丁点颜色

负荆记

山里人　时常地背负荆条下山
要生火做饭　为一家人取暖
平安地度过冬天　他们靠山吃山
他们砸开石头　取出梦中的金块
他们凿通隧道　连接外面的生活
他们挖地三尺　让先人入土为安
今天　我背负着伤痛从山外回来
只求山川谅解　允许将女儿埋在这里

春草祭

总是忍不住喜爱春草
心便悬空着飘向远方
在远方　那动人的事物
都有一些幸福
童年也是
被时光追赶　推向背面
风一遍遍吹拂
不时吹凉心底的泪水
而现在　泪眼婆娑地
模糊那朵黄土
由鹅黄转出青翠
继而开成一簇花
花束下　是刚刚不见了的女儿

乡间

时至今日　乡间让我温暖
让我俯瞰一片谷穗的碰撞
秋风在谷底　在河滩　牵出
一条溪水　细细的溪水
试图拉起身后的
大山　让我们沿着河滩
贴近谷底　融入溪水的山涧
追溯秋风的底细　回到土地
深处　回到一棵谷穗的饱满

栽进泥土

女儿再也不应声了
只有病还活着　在亲人的心里肿胀
十八岁的病　比夏天还绿还茂盛
跨越了生命的边界　只好
求助大地的力量　划出界线
我们将格格栽进泥土　连接地气
期待枯萎的叶子返绿　期待某个
清晨　传来开花的声音

土路

散落秸秆和落叶　牛羊飘去远处
垄脉清晰　玉米金色的短靴子
齐刷刷地排满收割后的田地

果实下枝　稻谷进仓
云朵收回四散的水汽
天空瓦蓝　河水澄澈　大地虚怀以待

等待下午三点钟
我们在斜照里默立　不说话
堆砌一座尘土的城堡

尘埃落满脚印　九十一年
枯萎一截树桩　穿过阳光
的河流　无数花朵燃烧

土路的尽头是故乡
这面的土路落地生根
那面的土路枝繁叶茂

垄头歌

风吹空蓝天　吹落黄土
天地澄清　阳光素洁　山峰成人
大地收回了她的女儿

这是太阳和泥土的交换
刻录身影　记忆脚印　掩埋肉身
献上粮食和蔬菜

河流如弦　拨响阳光的手指
青草之上　歌声如缕　星坠玉盘
群山肃穆　亿万年几许白头

万物合鸣　会跳舞的树叶和云朵
日夜更迭晨光和晚霞的帷幕
四季幻化多少迎来送往

摇一摇就灭的炊烟　下面是人间的灶膛
那棵老榆树　即使北风也吹不散它
白茫茫的树冠　遮蔽那面的房舍

厚土

现在　土坑已经打好
铺些熟土进去　再让阳光晒晒
这长方形的巷口便是额娘的家

西面千米田地之外　是村庄
茅草屋健在　后山上古松依旧浓绿
勤快的人家早早地升起炊烟

滦河盘绕在东山根　隔着几十畦稻田
一条水渠相隔十几米　日夜不停地流淌
有棵一搂粗的老榆树　白茫茫的树冠

这些山水田园　都是额娘的老相识
像是欢迎额娘归来一样　土地少有地松软
风变得柔和　老榆树上静悄悄落满喜鹊

还有三个月　额娘满九十一岁
善良一生　不曾和别人吵闹过
三尺黄土　填补九十一年坑坑洼洼

种回故乡

谷雨前后栽瓜种豆　故乡啊
劳作是额娘归去的理由

这些年　我们把您接进楼房
高出土地　离开村庄和果树
不去打鸡骂狗　忘掉田间地头

风隔在玻璃外面
云朵不高　紧贴着前面的楼角
裁剪一窗户阳光　养花种草

每天　默立阳台送我们上班
又接我们从路口回来
像是撒出去几粒种子
守候农时一样　等在秋天的入口

不让我求什么功名
总是唠叨土里刨食安稳
今天　您把自己种回故乡
让我们一次次割不尽心头的荒草

黄昏

风吹走最后的叶子吹亮了昨日的星星
黑夜爬满西山
灯光拉上村庄的窗帘

小村被一弯月牙垂钓　而我
是光脚赤膊的纤夫
追溯在时光的岸上

多想攥牢额娘的衣襟　脉脉地注视
又一次溶化掉胸骨后面的块垒
再也握不住飘去窗外的那缕眼神

一朵棉桃一样的云彩啊
吸走了满屋子的水汽　额娘啊
许多年没有扑进您的怀抱了

现在　下弦月钓起一颗星星
提着我的两行泪水　听
滦河水长一声短一声地抽泣

清晨

霞光是一点点烧起来的
山峰通体火红的时候　这个
叫南甸子的村落已经醒了

南边的房舍点着一柱炊烟
之后西边的　北边的　烟雾连片
群山半掩　屋舍隐现

树木离我最近　一伸手就
抓住低处的树枝　在人间
只有草木还往下面生长

霞光也无法穿透大地　群山
压住黑夜　把昨天也把额娘
隔开　留下清晨和我

以及以后无数个白天　从
这个清晨开始　我长成故乡
的一棵树　伸向遥远的异乡落叶

收割后的田地

我喜爱收割后的田地　更爱它
躲进垄沟里的玉米叶　偶尔地
抬起头　在风里招展一下腰身

风不厌其烦地刮过来
从地头扯到地尾　聊聊天气
南归的雁群坚持人形的方向

只有玉米献出金色的短靴
像是一支队伍似的
站在风里　把守冬天的大门

只有这冬天的田地　拥有荒凉
和积雪的光芒　只有风
吹来大片大片低垂的云朵

簇拥着　在收割后的田地
接力一样　跟随农时
构建四季家园　伸展树枝和影子

旷野

这是我想要的空旷　比落叶还干净的
是树枝的光芒　是我向往的蓝天
高大的白杨树在空中摇晃

云朵放逐山岗　我却看到了
孤独　一棵穿透蓝天的白杨树
微微晃动枝杈　纠缠住风

和午后大地上凌乱的脚印
太阳偏西　白杨树管不住
一步步长大离去的影子

冬日里脱光叶子的白杨树
肯定看到了我不曾望见的
总有喜鹊　不知从哪儿冒出来

叽喳几句　一头扎向天边
那隐匿星星　落叶和鸟群的地平线
又将夕阳一点点地拉了进去

乡村

冬天的乡村　是一只休眠的蛤蟆
无数小兽用花瓣踩破黎明
北方冬天的乡村　皴裂僵硬

牛羊慵懒　看也不看日头一眼
霞光在石头上涂抹红脸蛋
黄狗收起夏天的长舌头

插在房顶的炊烟　什么也没有摇醒
石墙下面　抱着几块黑色剪影的老人
走遍石阶　依旧找不回一段时光

只有马　在高岗不时甩起响鼻
太阳为它配上金色的马鞍
只有蓝天　连绵的山峰总也摸不着边际

脱去衣服的土地　陪着一棵老榆树
安顿下白发苍苍的额娘
却无法安置我们空无一物的内心

带不走

这是奢侈的隐忍，许多时候
我轻易不说出来，像是珍藏的宝贝
不能随意得到它，你只能感觉

一次次在心里抚摸，一次次想象归去
最早是一个人，后来两个、三个
她们带着我拿不过来的礼物

带给爸爸的、妈妈的、哥哥姐姐的
还有大爷叔叔、大娘婶婶
想给邻家妹妹带一点，不知什么好

妈妈说　回来就行了，最高兴的是两个侄子
看见驶进村庄的车子，就从草地飞回来
像是飞回檐下的燕子，带着嗷嗷的呼唤

妻子和闺女待不住，闻不了柴草的白烟
看我待在田埂上满脸尘土　不再言语

女儿不喜欢马莲花上总是落着蜜蜂

后来我便一个人回去
又一个人孤单单地回来
带不走房前屋后的青草和树叶

前杨后柳

屋前植杨，屋后栽柳
柳树拉不完的绿丝扯不完的花絮
总在热天白花花地飞天铺地

期望越过越有的乡亲
把幸福拴在树木上
炊烟越过树梢　摇一摇便散了

总有喜鹊飞临，一朵白花似的
在杨树梢上张望、停顿
议论天气，尾巴高高翘起

听不惯絮叨的是院子里的儿童
握着一两片叶子，拉长蝉鸣的弹弓
把下午打下来，树荫落了一地

而黄昏降临，柳树扭起小蛮腰
涂抹天边的胭脂，山峰是无语的庄稼汉
守着月亮的蛋壳孵化出满天星星

飘忽的树叶

一遍遍地，在灌木丛里寻找
找回那些过往，树叶翻飞
它们隐藏、躲闪，宝贝似的秘不示人

那些零星的日子，垫高了年岁
在与时间的博弈中，我总是败者
无意荒废了许多春天和秋日

群山深处有零星村落，没有故乡
树木从村头移到南山，田地远了
伙伴们的乳名戴在陌生人的头上

山峰是可倾诉的，在我落寞的时候
等在那默默无语，任凭风来云往
停靠脚步和张望，像宽肩膀的邻家大哥

落叶纷飞的傍晚，树木、溪流
不远处的山岗，和我一道感受
秋色已被西风一点点地运到别处

远山

我写下远山，它便立在窗前
摘下淡蓝色的围巾
随手挂在了白杨树的肩膀上

这样才好，茅草房矮了
像是瘪着嘴的老太太
絮叨着，吐出一口又一口白烟

夕阳被山嘴咽了进去
黄昏适合述说心事
星星骑在了树杈上

夜长梦多，窗纸一遍又一遍筛选
贴在墙上的痕迹，比年画稀罕
溪水穿过菜园子，哗哗流进下一户人家

月亮出来，山岗手拉手坐成圆圈
我什么也不说，只等房檐上挂满月光
等晚风送过来高处的清香

草在风里飞翔

草在风里飞翔
一朵朵花是一张张翅膀
呼伦贝尔草原
有云朵一样的羊群
蘑菇似的毡房
牧羊人挥动长鞭
像是为大海上的帆船引航
而草原的月夜比大海平静
一两只小虫　用细细的叫声
躲避着狼群萤火一样的张望
风在草叶下刚刚藏好
东边的地平线掀动闪亮
露珠这洁净的使者
洗去昼夜的喧闹
太阳扶着霞光亮场
草叶清新　鲜于牛羊的目光
有阳光灌溉草原　比骏马奔驰宽广

一只鸟的天空

草原的天空是一片草
支撑的草在天边
比云朵茂盛
一只鸟的飞翔无比压抑
这只翅膀比草叶还小的飞鸟
竟敢冲向草天相连的地方
它的翅膀一只贴紧天空　一只连着草地
在草原深处躲开牛羊和
牧人的毡房
展开不足一尺的羽翼
去丈量天空和草原的距离以及
生存和飞翔的意义
这只鸟在我的视线里无处可栖
和我的眺望一样地执拗
直到落日在草天一线沉没

桃花源

这近乎透明的水一样的地方
让万物彰显　无数形体为之自惭
我只能轻轻地呼唤　怕风吹破

我怕也像那失信的捕鱼人
归来即是迷失
桃花一闪　关闭了身后的山门

黑夜漂洗黄昏的烟尘
霞光经过遥远的路途在水里拐弯
桃花源是梦里的终点

我是尘世的逃离者
怀着胀破泥土的心事
被桃花流水引领

备着秦时的衣着　如若白话太淡
便无语把自己装扮成古典
桃花热烈认得　我是屡试不中的书生

燕山草

一棵草　斜阳描画她的高度
春天最后的日子　谨慎的美
让蝴蝶流连　蜜蜂传唱

燕山草和山色的石块一样
小鹿野兔认识它们
还有松鼠的尾巴像轻扬的草穗

依着山坡　享受自己的阳光
掩面而笑　轻视天空的样子
对阳光之外的事物留着距离

柔软的腰身　一次次被山岗推举
受风蛊惑　穿起衣服站立
轰走小鸟和山外的麻雀

纤细的草　有石头压不倒的倔强
她们的美为黄土绿化　点缀
编织花篮　述说亲情和向往

对面山坡的杏花

隔着蝴蝶的飞翔　阳光香浓
真想拉起谁的手
蹚过杏花的距离

还有蜜蜂　躲不开你来我往的热闹
温暖张开了所有的翅膀
目光飞跃着目光

春天里　不用邀请
一棵小草在清晨挥舞汗水
举起一朵花的重量

对面山坡的杏花给我云朵一样的白
而鼻翼上残存的伤感和昨天的留恋
想象成杏仁以及木质的核

红杏在云朵　在夏日的岸边
我还在犹疑　杏花离去的时候
该怎样表达黎明的汛期

高处的叶子

闪电是云中的昙花
乌云翻卷着波浪的叶子
雨丝的根须扎进大地

雷有战鼓的形状　在玻璃外面
还有桥一样的虹　日月星辰
都是浆果　长在四季和山川的枝杈上

风招展如旗　彩云的丝绵
从天边的花瓣　以及霞光的披肩
流苏一样　摇曳

木兰围场　锦缎般的绿地
一架架风车　像雨后蘑菇
丝绸之路从天上来

天空的木棉树倒悬着永不凋谢的花蕾
在大地和钢筋水泥的楼群
以及人类和自然谐和的园地　绽放

彩云向南

一次次向南　彩云
化作一段时光　抑或连绵的往事
都在最后的山峰割舍

这是绿色隆重的夏天
目光融化　蒙蒙的泪水
让日子潮湿　滋润青草

快乐的是花喜鹊
白杨树张开浑身的眼睛
满头绒穗　一段告别春天的红头绳

我喜爱浅浅橘红的夕光
搭在燕山的右肩上
身后的家乡高粱一样红火

叶子的小手抓不住细碎的露水
烟霭沉沉　山峰紧掩衣襟
藏起溪流和夜晚的心跳

一夜春雨

夜连连打着哈欠　雨点比脚步密
院子里跑着无数小兽
有几只爬到了窗台上
噗噗地拍打玻璃

窗帘是白色丝纱质地　几朵浅黄的花
没有摇晃　雨声又远了　向深夜跑去
我缩进被子里　围着棉花和阳光

是小鸟把我叫醒的
叫声洁净　一定被雨水冲洗过
它们的羽毛也洗去了昨日的尘土

杨树叶子比阳光绿　树干又白又亮
黄土坡和墨绿的山冈离我很近
土路伸到院子门口　又树枝一样长向天空

我也要梳洗干净
头脸光鲜地钻出屋子
还要穿一双合脚的鞋子　一步一个脚印地
走在通往春天的路上

在春天的路上

我知道不能让春天停下来
只好自己停下来
在春风送暖的路上

杏花还是一片浅红
在春天的温暖里
她张开小嘴

在目光移动的瞬间
或者黎明时分
也许是晚些时候

在这渐开的间歇
几只蜜蜂嗡嗡
追赶在春天的路上

还有一队蚂蚁
紧身束腰

一次次运走地上的花瓣

这个春天　花朵开向自己的阳光
趁着日头当顶
我把影子伸进泥土

春夜一盏灯

春夜　捧如豆的心为杏花掌灯
多风沙的傍晚已被夕光罩住
还有春夜的丝丝微凉
也已转成暧昧的浅黄
伸手可触的杏花
这些明晃晃的白
揉进夜色里　依偎着
彻夜燃烧的灯盏
多像白天和黑夜边界上的小酒馆
——是谁　宿酒未醒
还在微曦的山岗上　游动

树枝是黑夜的土路

沿着一棵树在夜里出走
脱下白天的琐碎和衣裳
我是一串蓬勃的心跳

走进视野之外
童年储蓄的愿望
被黎明的鸟鸣支取

目光和耳朵的马车
挂满星星的串铃
树枝是黑夜的土路

那些注定的事情
头发　树梢儿　以及牙齿
嘲笑黄昏在睡梦之前枯萎

树叶拉着小手
一只麻雀引领着
淌过天光的河流

星星　隔壁的电话

星星闪烁　像隔壁的电话
睡衣里面　心情无法安顿
期盼被一串铃声接走

数字歌唱着
送来表情和安慰
日光灯有些低烧

约会云朵
还有萝卜片一样的白月亮
在黛青的山岗

黄昏的四角亭
树叶的交谈缠绵琐碎
我有一泓清水的语言

愿意在霞光里迎接你
对着山川和草叶上的露水
吐露着彻夜的光芒

黄昏的村庄

我热爱这样的场景
晚霞铺满河滩
卵石也有橙黄的温暖

炊烟依旧
乳白的细腰
被柳枝追赶

黄昏让村庄饱满
风停在树梢上
牛羊缓慢地从草场下来

与土路并行的小河边
是从田地里回家的父亲和妹妹
祖母在灶膛前忙活

守着石阶　水汪汪眼睛的小狗
有着和我一样的乳名
母亲在石头墙的院落　呼喊晚归的人

燕山草木

注定我是恋家的人
离不开燕山的一草一木
它们都是我的亲人

从小草发芽的那一刻
胖乎乎的手指缠住暖风和目光
我们在向阳的山坡述说心事

露水结成霜粒
草穗飘向天空
白杨树睁开了眼睛

还有榆树也说起乡愁
草房的村庄　石头的院落
围不住遇风就散的炊烟

那不是飘散的烟雾
是草木的呼唤
被火舌一次次吹向高处

门前溪

今夜我要洗去尘土
身心洁净地回到村庄
睡梦里的村庄仿佛我的前世

门前的溪水在岁月里静静流淌
她们来自大山深处
已沉睡千年

星星洗过　还有月亮
在千年的溪水里
漂洗万丈光芒

我走过黄昏　走过夜色
坐在青石板上脱去白天的装束
一丝不挂的水抱住我

在水里忏悔　掩饰屈辱的眼泪
水穿过我　带走异乡的污垢　疲惫
留下云朵和婴儿黑葡萄一样的眼睛

山岗

又一次爬上山岗
想看清平地上的事情
以及四周一瓣瓣的山峰

春天的树叶有几片和去年的一样
有多少蚂蚁在洞口儿探头儿
树枝的肩膀挂着谁的张望

炊烟自屋顶到山腰慢下来
人间的烟火不能越过山脊
屋宇下该有多少黑夜蛰伏

远处山坡上的杏花
蜜蜂和蝴蝶先于目光
在柱形的花房上运走了花粉

我也想成为群峰间的花蕊
让目光粘满花粉
到春风去不了的地方

暮色笼罩

暮色停泊在山杨树的巢穴里
夕照有橙红的暧昧
苹果园躲闪着一盏盏灯笼

这是燕山脚下的苹果林
身后端坐着下花园村
村庄上方炊烟融合了天幕

山杨树是警惕的
连成守卫的长堤
遮挡着燕山洒落的鸟群

我在车里擦过暮色的肩膀
车轮被道路追赶
落叶都有精准的手语

那些草木的交谈让人孤独
我听到来自高处的流水
很响地穿过

石头院落

搬运石头　搬运日子
垒高院落　围起我和爱人
围起井　星星　爱唱歌的公鸡

叶子抒情　只为风忽高忽低
栽种柳树　杨树　树木的情谊
一次次为我守望家园

秋天过后　日子一天天飘落
黄昏的一次伤感让候鸟归巢
敞开柴门静候西风进来

这些草木多像我的亲人
倔强地在风里隐忍
弯曲着伸向高处

许多年以后
我也是燕山静默的石头
子孙啊　把我垒在院落里

山里红

一树山里红　隔着秋风
在对面山坡站起来
山谷躲在后面

耀眼的红减缓风的脚步
仿佛燕山举起一束火把
擦着山岚走向远处

白天更加明亮
天空高出往日
白露洗去空气中的浮尘

还有谁站在村庄的高处
面对朝阳吆喝一嗓子
燕山回荡金属的响声

山里红是一串秋风中的铃铛
草木的叶子沿着岁月的方向
把酸甜的日子藏在里面

和小鸟一起安顿

愿意和小鸟一起安顿下来
她在树枝上　我在树下的草房里
星星在树冠上面

叶子落了　星光从树枝间漏下
没有风　夜晚就没有破碎
小鸟的睡梦是完整的

窗纸平静　我的呼吸鼓不动它
火盆里的炭火慢慢熄灭
黑暗愈合了一个伤口

外面的日子混乱　剪辑　拼接
往事裹一层糖稀
阳光溶化了它　又被风吹破

——是梦　小鸟的呼唤碎碎的
带着啄破黑夜的急切
洗手　净面　按时升起三柱炊烟

回到村庄（一）

在山里　村庄是山腰的蜂巢
白杨树上的鸟窝
月亮来过　孵化星星出壳

一座座村庄　一年年的往事
花衣服的女孩在泉边取走
岩缝冒出来的泉水

还没有照过山峰的影子
她的伙伴是羊羔和小鸟
追赶没有升起来的云朵

喜鹊忙着筑巢
南风吹开榆树的烟雾
小草在石阶前放绿

庄稼人刚刚下山
燕子回来　像是草房的主人
啁啾着早晚的农事

回到村庄（二）

回到村庄　因为我不爱别处
不喜欢玻璃的反光
和马路上淹没头顶的尾气

燕山把村庄捧在掌心里
喂她泉水和香喷喷的棉花糖
蓝天退后一步　像镶着花边的圆镜子

土路总和溪水并行
村庄串起来　当作装饰
仿佛阳光点亮的日子

那一年和我一起去山外的
还有溪水　我流着眼泪
她蹦跳着一路浪花

而今　沿着土路回家
回到流水的内心
汩汩的泉是云朵的前世

山岗上落满阳光

山岗上落满阳光
黄土更黄了　骨白色草枝
涂抹上一层肤色

一棵柳树略显苍老
影子孤单单地
斜插在脚下的坟包里

土路光滑　阳光流下来
没有遮挡　一叶阴影也没有发生
山道通向梁顶　串连起天空

云朵是从山后面爬上来的
有另外一条道路
驮着它的天空飘去远处

我想到黄土坡上转转
高兴就在草木疏朗的地方躺下来
然后牵牢影子回归村庄

白桦林

就要融化在雪里
是雪花洁净的一部分
没有痕迹

昨天　摇落最后一片黄叶
随后雪花才飘起来
天空有足够的耐心

还有风吹得反反复复
摇着树枝　树干也动了
左右摇摆　像是从内心索要阴影

雪花整整填补一个晚上
黑夜交出了最后一滴黑色
黎明开始举办一场集体婚礼

巨大的静　是的
只有天空和洁白　听到“嘭”的一声
太阳冲破了山顶

白杨树

白杨树站在那儿　和我对视
我看见它青白的皮肤闪着冬天的光
树梢越过远山　在蓝天上剪出树冠

白晃晃的树干　黄土坡显得老了旧了
风不厌其烦地舒展皱巴巴的旗子
树枝一遍遍地摇手说：不冷

碎石块一样的麻雀
盲目地抛向空中
又落入寂静的院落

仿佛树影零乱的叶子
房舍搂住一束阳光假寐
门前的黄狗轻轻地摆一下尾巴

山岚离天空近了　那一抹疏淡是我的思慕
总想伸出手轻轻托一下
白杨树不懂　举着两只喜鹊叽叽喳喳

趁着月色

还有一段距离　那颗星星也点着
窗口的灯光爬上梯子
遮挡无声的潮水

这是月色里的山岗
波涛涌动　就要淹灭远处的篝火
月光湿漉漉的

我们的额头也被月光打湿
沿着裸露的肩膀
一点点凉下来

取走握在手心里的温暖
存在心底的话语
颤抖着抖搂出来

月亮要谢了——山岗的内心按捺力量
灯火一盏盏浇灭
我们踏着湿漉漉的台阶回家

上山

还是想登上高处
看一看远方　以及
前面和后面的事物

我知道明天隔着夜晚
再高的山峰也无法穿越
星星密麻麻的光芒交织

昨天也越来越远　渐渐模糊
仿佛风和流水
只一转身就带走了一些东西

一瞬间便无法回去
比黑夜更让人心生恐惧
谁能编辑昨天的美好呢

这样想着　又有一缕阳光穿过
慌忙间生长的阴影
跌进不明底细的山谷

山顶

又一次写到山顶
不代表站在上面
冬天我学习安静

没有风　树静了
夕阳吹弹即破
仿佛蓄着泪水的脸

天空洁净　有腮寒凝结
那样透亮的夕照
是十四岁女儿的小镜子

炫耀在阁楼上
不能说不能问的
有些许的心事

甚至不能动一下
不能触摸的天边
停靠在冬天的肩上

燕山　燕山

煮那颗夕阳
山峰烧红了
树梢炭化

是风吹凉的
吹凉了山岗
吹黑了夜晚

脚下的一径溪流
从黑夜流出来
从最高的山峰那棵弯曲的松树下

黎明露出来
溪水洗亮的霞光
把天空铺远

晨风是谁的胡须
天外一双手
燕山是他晚炊的锅灶

下午

我们拥有共同的下午
风从旗子挂到倔强的树枝上
去蒿草地里翻起跟头

门窗都紧闭着
几只麻雀　刚离开屋檐就倾斜了
天空随之下滑了几只翅膀的距离

阳光倾泻在白杨树上
下午的明亮反映出几片云朵
湖面被山峰举向高处

山岗悠扬地滑行
有影子先于我缓缓地流着
像是使者从远天走过

时光战栗　白晃晃地奔跑
刮过下午的地平线
沙尘和光芒的碎片洒落一地

黄土路把村庄拴在山根上

明晃晃的阳光在树叶上翻滚
杨树得意地摇摆，不时低头涂抹几脚
这是中午，云朵困倦了，歇在各自的阴凉里

村庄横卧，连片的庄稼地旁
一头黄牛拉住老柳树，细细地咀嚼光阴
山路像是白线　牵着山梁后面的云朵

炊烟柔软，摇一摇便融化在风里
溪流比刀子还快，穿透树梢
响亮地吹起口哨，消失在山脚

它们都有去处，不像我抱定村庄
石头院墙井口一样，多少白天和黑夜
也无法把它填满，阳光一次次地俯下身子

山村寂静，听得见星星洗澡　云朵飞升
萤火虫离开坟地，有细细的脚步声
黄土路比缰绳还长，把村庄拴在山根上

风吹开隐秘

那束风是树叶召唤来的
推开一丛毛榛秸，又把山芍药拥倒
几茎毛茸茸的蕨菜显露出来

胖乎乎的小手，攥紧小拳头
夏初的太阳也没有让它们张开
宣誓一样越过去年的枯叶

高举着，像是投入妈妈的怀抱
幼儿园传来小鸟的鸣叫
一声声把春天的记忆掏空

风还在吹，有一阵越过了山梁
把山岚挂在远处的山峰上
天空落下来，山岗有几处凹陷

还有一些事情　风也无法揭晓
那堆肥硕的蚁坟，黄花蛇匆匆绕开
有多少离群的鸟儿　在不知底细的森林里淹没

废墟上的樱桃

天空悬浮着　黑色的颗粒散开　聚拢
贴近的雨滴跳几下便混进了泥土
土路上逃走了最后一个背影

几只紫色的燕子盘旋俯冲
不舍似的一遍遍降临
又一次次衔泥离开

仓促的废墟　残垣断壁
在努力地记录往事
村庄搬走了　草木还在生长

靠近墙角的几丛灌木
拥挤着围成一堆
雨滴和狂风也没有把它们分开

枝干上密匝匝地缀满樱桃
像是和谁赌气似的
饱满着　鲜红着　然后滴落

树在风中为我辩解

树弯下身　绷住快要发出的声响
叶片反白　这一刻我憋住气
脚趾使劲地穿过地板
传达我的歉意

在风中鞠躬　摇头
有几次就要站不住了
又稳住脚　缓口气
一遍又一遍地弯下身子

隔着玻璃　叶子泪珠闪闪
倔强地仰起头　雨滴穿过去
没有躲闪　收起枝条静默

默默站立的还有远山
围着纱巾看不清它的表情

该是傍晚时分　太阳也许落下去了
我没有亮灯　索性让暮色
淹没山峦　森林　听心跳声在黑夜走远

飞

在想去的地方安放床和灶台
升起的炊烟是一面飘飞的旗子
烟岚带着房舍晃动

是飞经过，高过风中的叶子
簌簌的树叶　那是树木的话语
在泥土里酝酿着呐喊

这些内心的躁动不知疲倦
有的越过了山岗
仿佛远处等待抵达

风还在吹，一定是谁在催促
有几次靠近了天空
搭在云朵卷曲的毛边上

白云和山峰拉开一片湖面
我只想越过山峰在那面歇一会儿
不知溪流已经流往何处

早晨

请你分享结满露珠的早晨
青花瓷的海碗里半片儿萝卜
几缕薄云若有若无

太阳翻过山梁
刚在石阶上歇歇脚儿
噢！谁就起早儿端了上来

躲在桂花后面，青山也红了脸
霞光的红头绳，拴住了花枝
又被溪水的巧手解开

云朵饱含水滴　期待重逢
山路弯弯曲曲，一两朵人影
小溪一样流向了天空

这是露水过滤的早晨
坐在山岗上，睁开露珠的眼睛
炊烟那面的家乡，还在白云生处

风路过

风路过，以为可以吹弯我
从左面，右面，还有腋下掏过去
有几粒沙尘钻进了眼睛，甚至堵住了喉咙
为了吐出一口气，我不得不转过脸

闭上眼睛，等眼泪流下来
两条小河，是的！我愿意两条河流
从内心流出来，在满是灰尘的脸颊上流淌

这是尘世。风裹挟着浮尘
你看路旁的杨树，心形的叶子
比树干还白！尘土已越过树梢
阳光褪去金黄
云朵后面——一颗苍白的太阳

在大风吹去的路上
跟随着模糊的背影
我裹紧衣襟

风雨

风说来就来　先是云朵模糊
跟着光线穿出来　风像是经线
树和山峰的图案一遍遍地织在大地上

雨点密密麻麻的　不厌其烦
树叶嫩绿　远山的烟岚冲洗净了
目光轻轻地搭在树梢上

随后彩虹从山谷落下来
连天的山冈弯曲了　碰翻了槐花的小杯子
贪吃的白蝴蝶忽闪几下又合上了翅膀

田地里一队队玉米挥汗如雨
这些茁壮的小学生
随着阳光的口令走起正步

风雨过后　幸福的老农
擦亮锄头　顶起蘑菇一样的草帽
把脚步和过往的影子埋进了泥土里

风向北吹

山转过身——
枝条开始舞蹈
一千只眼睛张开

尘土试着回到北岸
这些在冬天迷失的细微事物
也在归去

黄土梁围着的家乡
石头　树木支撑起村舍
小草的嫩芽啄破地皮

一茬新人头顶五彩云朵
故人们的倦容守着旧居
半生岁月存留一声叹息

风还在吹
最后的村庄
炊烟开始向北

午后

是一串鸟叫把我推醒的——
由远及近，穿过玻璃和呼吸
接着进来的是五月末的温热和噪声
轰鸣着过来，又肿胀着出去

树木体态肥硕，随着热风扭一扭
她们有点吵，摇头晃脑地显摆
遮挡起远山，堵住了天空一角
鸟窝藏起来　没有一点痕迹

后面是没有长高庄稼的田地
安静，有些局促地待在那儿
一个黑黑的人影，缓慢，无助
仿佛野火没有烧尽的木桩……

山那面

不想一眼望到尽头
不想回过头还是天地相连
一片影子也会让人寻找带来影子的事物

种下树木　庄稼
挖一条渠引进流水
小鸟飞来是为了别的

还有一座山　也不是为了离天空更近
如果有一天登上去
长舒一口气是因为疲劳带来的

至于瀑布　山峰　数不清的花朵
寻找前生的蝴蝶
连接天空的山路

所有这些　都是一座山带来的
山那面的隐蔽　让人
一次次手搭凉棚　走向高处

眺望的葵花

灿烂的笑脸展开　告诉我
大地的陶醉　金黄在一只蜜蜂
的倾情里洋溢　翅膀在歌唱

这是泥土的谢意　温暖深厚
无边的芳香　比蓝天深邃
青山在正午显得苍茫

大地啊　生长绿叶也生长太阳一样的葵花
依偎着群山的波澜
一张张永不熄灭的笑脸

那是大地举起的靶心
在北方　成排的白杨树站成道路
炊烟沿着树梢升向高处

葵花守候在村庄外面
不尽的表达凝结成一粒粒籽实
这黑色的钻石多像大地的目光

高于风的树叶

那只喜鹊　高于树叶的眼睛
飘在空中　蓝色的翅膀和尾巴
融进城墙的石头里
下面是逐渐深绿的黑松

在这只喜鹊的眼睛深处
也有一个天空　它和我一起
落在城墙上　就像蓝天
落在山岗和我们头顶

高于风的树叶　都直立着
举起手掌　有些拍出了响声
有些面色苍白　风凉了
天空高出山岗一段距离

在秋天的高处　一只喜鹊
和我一起向天空张望
它有着比蓝天还蓝的翅膀
和低于尾巴的虚无

一棵草的感动

一棵草到草原去
呼伦贝尔是草的世界
是骏马也跑不到边儿的地方

一棵草在这里不会渺小
没有孤单　即使冬藏
也是聚在一起用体香彼此抚慰

你会看到生命群体的隆重
感受狼群的哀嚎
和一只牧羊犬的疲惫

孤独是一朵云以及一只鹰
在天空的展示
夕阳在牧羊人的鞭下滚落

草叶和草叶捧起露珠的微笑
能改变这里的天气

给牧民和牛羊带来雨水

一棵草善良犹如羔羊的眼睛
一片草为初生马驹铺垫柔软
毡房里牛粪的轻烟召唤无家的白云

草啊！几片线型的叶子简单流畅
漫天遍地生长　让人亲近想流下泪水
呼伦贝尔草原生命相互依靠　不慌不忙

一头牛的黄昏

这是黄昏　一头牛走进草原
背上披满落日的霞辉
犄角闪亮犹如两弯月牙儿
这是呼伦贝尔草原的黄昏
宁静　恬美　浓郁　新鲜如浴
一头牛在草里悠闲坦然

不远处公路上如蚁的车流
比夜色还快　匆忙奔跑
我在车里和这头牛拉开距离

这牛离开同伴　是去前方的牛栏
还是站在远处感觉夕阳的挽留
通体金色渐渐褪去　融进草里

它走进了草原深处
走进月色和星辰里
看也没有看我一眼　好像我没有经过

草语

谁能听不见
这么多草集合的声音　它们腰肢柔韧
齐刷刷倾倒　带来了一阵风

阳光被它们挽着的手臂
托举　鲜亮欲滴
草叶是一片片歌唱的唇

在阳光一样的草原
一阵风的奔跑　落后于
一只鸟下雨消息的传播

这是呼伦贝尔草原一棵草的诉说
羊群不过是一片片浮云
草原狼也会在草的深处藏起身影

而望山奔跑的马在草叶上滑倒
它紧贴泥土急促呼吸
听到草根盘结的地方　有雷声远去

云在故乡

深入草原你会觉得比一棵草孤单
比一粒草籽渺小
而一片片草穗有秋天云的形状

这个时候想在草地上躺下来
嘴里嚼一根草茎看天边云朵
它们都有乡亲的面容

这是呼伦贝尔草原带来的亲切
倾听一朵花绽开　有咿呀的童声
一只蝴蝶从这枝飞向那枝花朵

不是所有的飞翔都需要目的
许多寻找不能如愿以偿
花朵的芬芳不需要蝶舞蜂唱

云朵在草地上留下一片阴凉
这阴凉有故乡槐花的清香　以及
老槐树下祖母飘着白发的眺望

绿色阳光

阳光深入　草是土地的声音
一千种回声有一千种姿态
呼伦贝尔草原风情万种

阳光在草叶上滴落　比露水响亮
比一阵风进入草原持久
在草叶和草叶连接的地方绽放花朵

阳光犹如绿色的血液
浸入时间的泥土
弥漫青草的气息

我是飞虫一样的过客
不会在草地上停留多久
没有一头牛对草原的情意深厚

我游离大地已久　而今
阳光从发根渗透　穿过躯体

自脚趾注入泥土

虽然梦里有青草的香气
渴望一棵草绿遍天涯
阳光经过我的骨骼种不出花朵

不知道羊群和草地是这样的

羊群散在草地里，没有牧羊人
是风，细小的一阵风在驱赶
风吹卷羊背，吹弯草叶
吹散了一朵花细微的香气

青山在远处，再远处
是躲在山岗上的几堆云朵
它们背靠着更远的天幕

只是这些远近和羊群无关
羊群时而聚拢时而四散
草地上的野花星星点点
阳光像是蓝天献上的茶水

假如没有一条公路从地平线切入
我不知道羊群和草地是这样的

淡蓝色月夜

淡蓝色的月夜是男人的忧郁
蓄着黑色胡须的中年男人
一根接一根地抽着自制的纸烟
夜晚被他的纸烟烧出一个圆洞

四野睡得沉寂，只有男人醒着
纸烟明亮，没有眨一下眼睛
空气里弥漫秋天午后的阳光味
夹杂着故乡山坡的黄土气息

月亮偏西，靠近深蓝色的山冈
男人却无法让身体平躺在床上
一颗心还在黑夜里敲击着
似乎远方会有一个出口

蓝色的月夜，仿佛有一匹白马
正从草原的深处疾驰奔来

还有谁站在窗前

窗户在清晨打开
阳光比河流还长
透明的光芒有血液的温度

向日葵一样的守望
站在河岸　站在春天的两翼
阳光和春天的来处

在春天　在敞开的窗前
有一个方向　有一次等待
有盲目的向往

一棵春天以前的树
有烟岚一样的树冠和忧愁
接纳着风的散淡和迷失

经过了坚韧和停歇
以及翅膀的收拢
还有支起天幕的大地

天空　我放下身影洗一洗

白露被举到高处　天空尚远
给风留出了空间　山岗上
云雾也少了　树木前移一些

只是一夜不见　树叶落了好几片
看到后面的草地了　草穗儿翘起来
和我一起仰望云朵　云朵飘散

尘埃落定　都被雨水锁住
我也将身影放进天空洗一洗
吹奏竹笛一样　风穿过每一个毛孔

这个秋天　献出星星和宝石
站在山岗的堤坝上指给你
我的银河　我的颂歌

阳光的河流注入童年　果实
向日葵的笑脸　叶子
在黄昏前聚集天边

天空牧场

是谁打开了清晨的围栏
毡房四周羊群簇拥着羊群
公鸡伸长脖子　喊醒了早晨也没有用

牧人还没有来　朝霞刚刚把天边敞开
风吹了几次　炊烟喜欢分开再团聚
像是绵羊习惯滑向不远处的草场

露水打湿了腿脚　在草杈上闪亮
这些会发光的孩子　夜晚举起灯笼
在月亮周围散开　把羊群送回近处

星星都去了深夜　留下草穗的痕迹
地平线抬高　把远处的河流送回来
把熄灭的火盆燃起来

再端出来金色的炒米
把哈达系在霞光的脖颈上
毡房才依次打开

月亮封底

我喜欢一本打开的书
植入心底的种子蠢蠢欲动
喜欢有月光的夜晚
月亮优雅地退出窗子一角

一本书打开是约会　合上便是等待
正如滑过厅堂的月亮　有目光融化
有心事如潮　谁在莲花上
却已溃败　满是内敛的脚印

我无法按捺清风不动　正如
管不住夜晚的来临　月光显影一样
将树枝印了一地　白墙一如银幕
黑暗中生长根须一样的手指

有谁操控着　夜鸟呼唤了好几次
入睡前请将我的内心清空
把过往的事情陈列在窗台上
然后双手合十捧出月亮封底

山中小径

我无法知道开山第一脚是谁
此时　我不是最后一个踩上鞋印的
连同一枚落叶　它是山楂树的手掌

野山楂被采摘过了　还有几粒挣扎着
像是没有流尽的血滴　大地的喉管
依然在风语中吐露带血的声音

落日比气球轻　炊烟还没有吹弯
就掉在山梁上摔破了
那丛灌木被烧黑　通向梁顶的细线
瞬间缠住了我的双脚

这一刻　天地安静下来
树木的枝条高高举起
就要让暮色通往星际
我终于忍不住　无声地落泪
恍惚中　辨别昨天的方向

透明的白杨树

我在望雪地里的白杨树
通体透明　犹如水彩
和一条站立的溪流

在冬天里　阳光穿过去
没有杂质和影子
这凝固的水脉像我的心境

她的眼影衬在雪白的脸上
远处山岗上的云朵
停一停又飘走了

而雪地上移动的光芒
没有痕迹　像年少的爱恋和忧愁
也像河流运走了时光

还有那些不能表达的
寄予天空上的云彩
和雪地上阳光的消融

南行列车窗口

向南　前方就是想念的地方
列车切开早晨的烟雾
田地和树木分离又重逢

窗子是一片片锋利的刀口
一串串霞光　收入车厢
人们的脸上展开欢笑

轻声的是年轻人
中年人望着外面
老人关闭着表情

孩子们是欢快的
像蹦跳的光芒
母亲敞开怀抱

太阳经过厢顶转到西面
又落进地平线上面的树梢
列车没有减速　晚霞很忧伤

山岗

秋天　我们爬上山岗
群山的绚烂和天空的蓝
是北方的礼物

在斑斓和深邃之间
是六方汉字——
六只黑色的蚂蚁

简捷、单薄　有些瘦小
是啊　天地之间
我们没有石块坚硬

也不是遇霜变色的叶子
没有金黄的颜色
面对太阳和果实无力交换

天空深蓝的盘子
是大地的献礼
我轻轻呼喊着春天里的名字

那些叶子

这么多叶子在阳光下炫耀
蛐蛐用金属的声响　拒绝
外面的造访　寂静在脚步之后

这些尘土之外的绿叶
把幸福举到高处　清凉在下面
如喧响之后的静

还有一些是我不曾见过的
在绿色的深处　叶子和她们的爱情
溪水为山峰洗脸

还有你们　飞起飞落的蝴蝶
山雀叽叽喳喳　谈论着树木和浆果
我是山路上的枝叶　已经苍老乃至枯黄

随之而来的夜色是水的衣裳
树叶们轻轻回到森林里
带走猫头鹰的呓语和高处的溪水

一棵树的愿望是天空还是土地

一棵树的行程从幼苗开始
长到天空是植树人的期待
而根须属于自己

我要说的是地面下长成了另一棵树
它在泥土里饱食水和养分
那种辽阔像我们的内心

一棵树被栽树的人培育
它的繁茂带来了好天气和欣喜
这是树木自身没有想过的

小鸟知道
小草知道
还有绿荫下乘凉的人们知道

我留住了一个午后的完整

像制作一片叶子标本
我留住了一个午后的完整
我是自己无边的长堤

那片蓝色的水域
有一个斑斓的未知
不被目光搅扰

像是一只水鸟
飞进芦苇丛里
阳光在外面

面对七彩的光芒
谁的眼睛不留下划痕
我保留这片纯净

恰如误入松油里的蚂蚁
被多年以后的寻宝人
从地层里挖掘出来

飞入黄昏的鸟

飞入黄昏的鸟
翅膀收拢　像春天的果核
进入大地

山岗燃烧　收割后的田地
只有叶子的灰烬　和
玉米伤残的脚踝

山岗的肩膀　缀满
星星的金花　月亮是黑夜里
飞起来的白鸽子

落在玻璃上的浪花
在火焰和灯光里温暖成河
远嫁的人回首往事

这只晚霞里箭矢一样的飞鸟
欣赏空气中的弓鸣和秋水的倒影
炊烟也在柳梢上散尽

白杨树的眼睛

白杨树的树冠越过山岗
山岗的霞光在树枝里燃烧
又在湖水中熄灭　惊慌的是水中的影子

阳光的金子为霜叶画框
白杨树在傍晚回家
前面的灯火就是村庄

月亮比落叶还轻　长满须发
失去水滴的云朵去了更高的天空
麻雀在枝条上显露出来

吼叫的是风
羊群从山岗上跑下来
炊烟消失得比风还快

受伤的是湖水　冬天变成伤疤
白杨树的眼睛　总是这样
寒冷的心藏满泪水

昨天和落叶

谁能劝阻叶子飘落
还有绿草枯黄
霜降在眉毛上　英雄老去

石头脱去衣裳　一个夏天的热情
雨水穿过
依旧是铁石心肠

湖水猜想着天空的广阔
描画的是垂柳
山峰裁剪天空

风呼喊着似曾相识的名字
月光和山岗一起沙化
昨天随着落叶飞逝如鸟

让我们相遇吧　像两条河流
把月光下葬

落叶在火焰上跳舞

瞧　晚照比篝火安静
橙红的脸是熟透的苹果
一群乌鸦纷纷扰扰

天空的湖

总有草穗斜插在黄昏里
花边的山峰拍打着天空的湖
山睁着天目

河堤上是我瘦弱的乡亲
土地支撑着他们　水因岸而形
影子缩进黑夜又被黎明放生

是风扬起落叶、谷糠和云朵
收走了树枝和苍老的父亲
村庄熄灭了灯光和火种

沉默的村庄　烧烤石头的村庄
星星在黑夜复活
黎明蹲在山岗上

太阳在水里破碎
米粒堆满高处的粮仓
最高的山峰在黑夜上面

枣落的声音

几棵枣树　都是百岁老人
马步扎在方砖和大理石上
青青的叶子黎明一样洁净

这是八月的校园
学生燕子似的飞回旧巢
外面的车流拍打着高楼和远处的酸枣岭

这些枣树的虬枝纠结着年轻的首都
正午小鸟呼朋引伴分享果实
夕阳在楼角鲜艳地落幕

在环道的捆绑中
秋天从田野过来
秋风挂起爆竹的喜悦

枣落的声音　击打早晨和黄昏
在北京的胃里　一枚暖暖的药丸
平抚喧闹和霓虹灯的焦灼

在一片树叶上寻找季节

当我写下黄叶　秋风爬上肩膀
微凉的夜幕融化黄昏
融化额头和白发

眼睛是黑夜的孩子
还有脚步
敲打着远处的家门

在一片树叶上找到秋天
阡陌纵横的土路
阴凉都被枯叶覆盖

阳光在枯叶上面
细碎的声响　是
松鼠高举着尾巴

我不能重复昨天的事情
还有灯光的温暖
风正在两鬓间伸手

北望燕山

北面是燕山　生长白云的地方
细小的河流　喂养童年
也喂养村庄

太阳从右首升起
大地铺满阳光和树叶的影子
自由的是小南风　一路向北

白杨树的队伍是自信的
还有花草的快乐飘在小溪两岸
人们收获　播种　歌颂炊烟

水泥和灰尘登上高楼
汽车的食管伸进更深的油井
雪山融化　为高烧的地球降温

小鸟在高大的电信塔上做巢
穿过密云和白垩纪
岩石那面传来恐龙的低鸣

风吹送黄昏

风吹掉落日　连同挂在山峰上的
几片晚霞　吹亮了第一颗星星
一只乌鸦从歪脖树上飞落
山峰的曲线划开天际和尘世
这是黄昏
站在夜色的城墙上
仿佛一伸手　就能进入天际
就能摘取星光　我知道夜色
越来越浓　已经见不到手指
星星也越来越密　快要找不准
诱惑我的那一颗　而山脚的灯火
也离开我有几丈的距离
这时候　回到灯火里的人间
还需要俯身穿过这几丈夜色

水稻

让我激动的水稻
在秋阳里更加丰满
金黄的穗垂在腰间

柔韧的身体，长长的发辫
随着秋风金属的音乐
在岸边的舞台上舞蹈

自幼生长在温室
也是水做的骨肉
漠漠水田悠悠蛙鸣

情窦开时几行白鹭远去
抛撒花粉在夕阳里独立
无限的心事说与白云流水

秋天来了，心已饱满
金色的风牵起一双手
缔结了多少金玉良缘

檐下的银镰叮当响了　是迎亲的唢呐
水稻流溢清香的躯体
齐刷刷地躺在粗壮的臂弯里

一片叶子在树林里飘落

一片叶子在树林里飘落
在早晨第一道霞光穿过的时候

没有风　像是被霞光射落
树林微微颤动了一下

浅浅土地颜色的叶子　有精细的纹理
穿过草丛　碰洒了草尖上的一盅露水

这是森林里的一个事件
两只长尾花喜鹊　叽叽喳喳冲向了空中

这一天太阳非常耀眼
阳光格外热情

我追随阳光走过这片树林
露水打湿了裤角　草地留下两条新鲜的痕迹

一棵松树植进北京

这是老家长白山上的一棵松树
带着山坡的泥土和天气
还有卸下鸟巢后的几株草茎

松枝上鸟粪的印记擦掉了
留下父亲几滴汗水
松脂上印满父亲的掌纹

父亲老实巴交，一辈子没有出山
只在电视上看过天安门
拉树的师傅说，松树就移到天安门前

父亲几宿没有睡安稳
一遍遍地和妈妈絮叨
松树栽到毛主席的眼皮底下啦

像长在家乡的山坡上一样
太阳出来了第一个披红挂彩
针叶上滴落一个个爱哭的夕阳

父亲的山林

那片山林是父亲的　有父亲的烟草味
父亲的树木茂盛　一棵草也油绿茁壮
每一颗露珠　都容得下日月星辉

云朵在叶子上面汇聚　还有风
先是翻动树叶　以一棵树的形状
发声　号召成片的山林怒吼

这是父亲的山林　藏云吐雾
太阳　月亮和星星的光芒
还有雨雪　深入一棵树的内心

说着比叶子还亲密的家常话
山林听惯了父亲的脚步声
就是一声咳嗽　树木也争相转告

这些叶子撑起云层　和高处的空洞
吸引风　废气　以及城市的疲惫
以一滴水的清凉送去森林的气候

木兰围场的月亮

雷声重叠着　无数叶子聆听
树枝和树枝搭着肩膀
小草喘息

雨滴是天上的汗水
风雨后面的月亮
被一茎羽毛托举

小溪温顺　这大地的婴儿
星星睡在鸟巢里
天边的栅栏围起羊群

听不到草叶的呼唤
清风还没有出门
针叶林集合露水　汇成月亮湖

这是木兰围场的月亮
无数绿色的手臂
挥舞风、云朵　摇开闪电的天门

我去了陌生的小城

一次　我去了陌生的小城
相逢的都是陌生的面孔
因为不识顿觉无比轻松

人生需要一次小小的出走
街上的鲜花为着多情的眼睛
匆匆的是穿梭的人影
最好的观赏
是真实的人生　随意的观众

一城的灯火　满天的繁星
不眠的是水塘一样的眼睛
在所有的故事之外
我是轻轻合上尾页的人

一次　我去了陌生的小城
像一朵云飘过无迹的天空
一枚发黄的红叶
夹在珍存的书中

风在傍晚停下来

一眨眼风转向东南
群山汹涌　只为千树万树叮咛
夕阳躲在后面　不忍告别

风在傍晚停下来
比水滴还纷繁的叶子
汇聚在夜幕前面

灯光被房间关闭
啊　它们是夜晚的红叶
大地生成水泥的森林

这些树叶淹没了季节
分别的日子
山川河流破碎

如果风没有停下来
吹送雪花一样
如果风一直地吹　是又一个天空

树木的节日

这是树木的节日
雪的盛装让一棵树晶莹
在阳光的金色大厅

世界安静下来
在白杨树深情的凝视里
柳树是绵绵的　榆树是善感的

遥远塞北多风沙的日子
黑松青春勃发
它们坚硬的须发如军人的刚强

一场雪悄悄地从夜里出发
从一棵树到另一棵树
雪花是它们冬天的叶子

群山硕大的花瓣
在霞光里绚烂争艳
黄昏传播着花粉

和清晨一起醒来

和清晨一起醒来
太阳在蓝天转动
我们都是阳光哺育的孩子

牵牛花张开嘴巴吃一口就饱了
小草的脸上挂着露水
像邻居家的小妹妹

刚刚从田地里回来
头上沾着玉米的花粉
田埂上一串花骨朵的脚印

一只蝴蝶在花丛里笑着隐身
带来了另一只慌乱地寻找
一片树叶落入水里　引来一群小鱼儿

许多事情是目光抵达不了的
有多少在我们的想象之外
一棵树在阳光下站立　青山是它的场景

面对青山

我卸下沉重的孤单
那山岗一样的愁绪　是
远处的爱　以及早到的秋天

我告诉你那些无望的　和
被我挥霍的　余下的岁月
像一条土路　夕阳夸大两旁的树木

美好的童年与晚霞之间
是一条河流的行程　停在岸上
指给我的　都在转瞬之间

我终将错过与你并肩的愿望
以及捉月的情怀　抛撒的
是西风里的叶子和遥远的雪花

因为你的顾盼　我在石阶上
陈列年少的得意　让驻足的人
栖息片刻　是目光在泪珠上的停留

湖边的树

还是在春天　这树便醒着
风中的眼神　飘向湖水里的天空
季节的钟摆　黑白交替着进行

临湖站立的树　握住几朵云
哄一群不愿散开的红鲤
在波纹里微步

我在对岸　在阳光和河水的清澈里
云朵和鱼群　被水漂洗
波光粼粼是一席不散的掌声

这遇霜雪就零落的树啊
感悟着云朵破岸远行
鱼群在惊慌中散开

移动的树枝像是一尾鱼刺
沉落在湖底的河泥里
冬天像是帷幕　等待春风拉开

风带不走影子

风可以吹动石头
却带不走影子

阳光下的世界　有多少种外形
就有多少个影子

你走向光明
影子拖起了尾巴

而远离光明
将走在自己越来越大的阴影上

影子重叠起来
人们便生活在睡梦里

影子生长在光明的那面
可以消失　却无法占领

鸟的翅膀剪开了烟岚

鸟的翅膀剪开了烟岚
群峰在后面微微颤动了一下
沉寂的山留下了一束光芒

它冲出了山与天空的界线
在云彩下练习翅膀
空中有一个个飞翔的段落

鸟展翅的姿态很像我学自行车的山里妹妹
在土路上歪歪斜斜然后横冲直撞
大呼小叫也像鸟儿的啼鸣

学会了自行车的妹妹去了城里
结婚成家　生儿育女
每日淹没在公交车以及楼房的嘈杂里

她们都是我山里的所爱
夕阳落时我总是痴痴地张望
假若穿越黑夜之后依旧是开始

有四季的故乡

一片叶子就能把故乡遮盖
故乡是一条树干似的河川
一条山沟枝丫上的树叶

叶子从春天到秋天
冬天飘飞像是新年的明信片
随着第一场雪花飘来

它不是你们眼里的落叶
是有四季的故乡落在了马路上
覆盖岁末的忧伤

它给平淡的城市带来了惊讶
以及苍茫暮色的树挂
和干枯草坪上的大小雪人

这么细微的事情在故乡是不能挂齿的
桃花、杏花、梨花在山坡上奔跑

葵花率领庄稼围着太阳转弯

我就要回到故乡
像一只老猫回到火炕上
沉稳地过冬

山的邀请

喜欢一座山的邀请　那在高处的晕眩
喜欢泉水清澈　云朵绵软
喜欢清晨即起　天黑卧眠

一座山　它的青春比岁月还远久
泉水穿透石头　这遇风也碎的清纯
柔软的心深藏着锋芒

还有山坡上不知名的小草
微风寻找花朵　摇摆的树叶
阻挡着小鸟的歌声　俊美的羽毛

夕阳陪伴我坐在山岗上
微微地战栗　像停在叶片上的风
倾听溪水里的星星

一棵草的幸福

做燕山的一棵草多么喜悦　她的美
被溪水里的天空仰慕　渲染
微风轻拂　冲向山岗的波浪

春天由小南风引领　一路向北
在燕山南坡　阳光蓬松
草根在泥土里鱼一样穿梭

不用许可　雨滴飘洒
叶子的小脚　举着花朵奔跑
云朵是树木的翅膀

一棵草在春天里有响亮的嗓音
阳光穿越泥土的针脚儿
缝补大地的衣裳

这是一棵草的幸福　树木在风里喧哗
当种子和毛茸茸的须脉　披上白色的衣被
风托举着草叶漫天飞舞

山麻雀

家在遥远的山里　是雪花的飞舞
追赶着一群彩色的降落
为村庄增加了一段细节

与炊烟纠缠的榆树停下来
还有老槐树下的场院　孩子们
比雪花喜悦　他们遍撒谷糠

这群羽毛华美的鸟啊
孩子一样纯真　率直
叽叽喳喳呼朋唤侣

全然不知道金黄色的诱惑
不懂孩子们因为喜爱
用圈套不择手段地占有

像我们一些到城里谋生的乡下人
在斑马线上走来绕去
霓虹灯不是篝火　烤不熟夜晚的干粮

山岗的风

试探着　在树叶上停靠瞬间
簇拥着沙尘冲下来
撞开了虚掩的柴门

这是山后面的风　在后半夜响起
钻进院落　紧贴着窗纸
像是巨大的呼噜　树不耐烦地喧哗

穿过门前的玉米地　拉低谷穗的辫子
蛐蛐鸣叫后　月光就凉了
火炕上　烟锅闪亮

半夜山风　吹亮了黎明
一山红叶　漫野秋菊
野山楂点燃枝头火焰

惊鸿印迹一样的叶子
穿梭在树木的间隙
候鸟南飞了　锁上秋天的帷幕

隐隐青山

青山在树木间隙　像是远方的眷顾
许多时候　我把青山引为知己
儿时伙伴　在隔壁的院落

这个时候　我忘了它的存在
像忽略蓝天以及上面的云朵
洁白的云朵啊　忽视了一个少年的眼睛

隐隐青山　烟岚娴静
山脚下石头院落的学校
乡村女教师有泉水一样的嗓音

小溪两岸　马兰花年年飘散幽香
孩子们蜜蜂一样飞来飞去
清清的小溪水流走了时光

生活在平原的日子　没有青山的曲线
空旷的外面依旧是无遮无拦
青山和童年在地平线那面

山峰挡不住的

山峰挡不住的　还有小溪
她一路欢歌　花朵的开放
和凋落　是一首歌儿的留连

在心里　歌声是透亮的
水的颜色就是歌声的颜色
两岸的花草敲打着流水的键盘

还有蝴蝶和来来往往的蜜蜂
它们是会飞的花朵
是山峰留不住的小情人

随着季节　起起落落
夜幕的家不能让它们停留
还有月色里星星的睡眠

山是留守家乡的长者
守着老屋的灯盏
和一年四季的月亮

桃花源的邻居

下个月我将穿越一千五百年去武陵
那时桃花熄灭了　七月流火
裸露的皮肤被点燃

思绪藏在心里　溪水
在桃林里盘旋　曲折　逐渐缓慢
停下来聚成桃花潭

我不垂钓　只愿临水而居
有比目光更广阔的落地窗
做桃花源的邻居

像青山一样守护村庄
像溪水围绕一年一度的桃花
在水里　云朵和花瓣成为知己

那些寻访者　我让他们歇一歇
在水边住下来　心情在水里纯净
桃花源映现在清纯的心里

那些桃花

那些桃花灿烂照亮春天
让蜜蜂和几只蝴蝶陷于慌乱
捕鱼人迷失在飞舞的草丛间

没有翅膀的双脚不能越过桃花的上空
做一条鱼吧　垂钓武陵人
在水里穿越桃花的美丽

春风暖暖　溪水还有凉意
桃花浓缩春天的情欲
蜜蜂嗡嗡着　流水不停

脚步不停　在桃花源外面
临水而居　山口吐出方言
三月春水流过　那面是隔世的乡愁

云朵和她上面深蓝的天空
举着一束束太阳的桃花
让人疼痛　让人流泪　至今不能亲近

南山

轻轻直了一下腰身　看见南山
霞光里的山峦披着纱的烟岚
像是被时光带走的佳人　又一次显现

一千五百年不过是目光的距离
是弯腰又直起的一段时间
在那里线条柔美隐显悠然

一座山和我在晚饭后的恬淡里
鸟是幸福的孩子
玩一会儿又钻进南山的怀里

炊烟的村舍有人叙谈
我在外面与一排杨树隔开
云层被山峰隔开

几片树叶是不是被风吹送的种子
一条条野草掩盖不住的土路
把我远送并在南山上栽植

落叶村庄

秋天是多落叶的　在黄昏时分
追着炊烟飘散　一片片载着
晚霞的颜色　落入村庄

那是山里　土路上
总不忍心踩过　清脆地破裂
像呼喊着谁的名字

这是秋色很深的塞外　顺应季节
一如候鸟起落
落进坟地的犹如没有墓碑的姓名

我总把手掌状的叶子当作故乡
亲人们捎来温暖
和山里野山楂一样的乡情

那在窗前稍稍停落又去别处的
它们是赶往伙伴们的住处
而我已多年没有他们的音讯

夕阳点起的炊烟

在乡村　许多事物是新鲜的
夕阳点燃炊烟　又被灌木扎破
牛羊进圈　月亮升起

院落安静下来　柴门关起灯光
溪水冲刷卵石　蛐蛐唱歌
星星闪烁　像是老人吸着的旱烟

我喜爱夕阳里的山川田野
像炭火烤红薯弥漫一层香气
让我想念故乡和被爱着的幸福

黄昏是果实的芳香和经霜的树叶
升起炊烟的母亲　有树枝一样的手臂
白发在风里　炊烟已经飘散

还有总是跟脚儿的邻家妹妹
红苹果般等在秋天的山坡
炊烟每天升起　爱情一去不返

月牙儿疤痕

那是童年的两只青丝蓝兔子
它俩有毛茸茸的身子灵巧的嘴唇
无比恩爱　形影不离

站或卧　半蹲着身子跳跃
双耳耸立比眼睛灵活
听得出脚步声　每天在笼子门口等我

野豆荚和书本塞满书包
上学和喂养的乐趣充盈那个学期
一对小兔子的依赖填充着日子

冬天搜寻树叶　初春遥望柳枝鹅黄
在一棵两丈多高的柳树上
柴刀误砍了左手中指

这伤口经历了二十多个春冬
没有了痛　没有了两丈多高的惊恐

只留下一条月牙儿形疤痕

闪耀在年少河畔的柳树上
陪伴着成年的许多日子
小心翼翼再没有新月一样的疤痕

门前溪

门前溪一直流淌　秋天
浪花有野菊花的香气
围绕着石头的村庄喧响

溪边的蒿草连着坡上的高粱
燕麦草遮不住灯笼似的面瓜
向日葵探出脑袋向远处张望

总有两三个妇女聚在石潭边
白萝卜似的小腿伸进溪水里
一边说笑一边涮洗衣服

男人们都在山外劳作
满是汗碱的衣服凝结城市的尘土
溪边的蒿草举着被面上的红花

四五个男孩在坡上追赶蜻蜓
又跑到草地上捉蚂蚱

吓跑了晾晒羽毛的鸭子

这蚂蚱粉红的翅膀落进蒿草上的红花
被面上盖满了男孩手脚的印迹
捉住了蚂蚱也被洗衣服的女人夹在腋下

被剥光衣服扔进水里
打出的水扇如飞起一片白花
笑声像是绳子把男孩拴进水里

这是我山里家乡的秋天
笑声比浪花清脆
溪水比天空透明

去捡柴

腊月　天空深蓝　土地黄里透黑
穿过村庄的土路走出一个少年
他挑着一副挑筐像两只秤盘

一前一后擦着地面
头在扁担上又黑又小
瘦弱的身体把土路衬得空旷

进入腊月就是乡村的节日
路上没有行人　牛羊也懒得出圈
田地静悄悄的没有风　树枝不动

少年在一处阳坡停下来　用斧头
敲打干枯的树根儿　不时
看一看不远处的村庄

他盯着自家院落　盼着
草房升起炊烟　那个

石头墙的院落正在杀猪

少年喜欢在远处看着热气腾腾的忙碌
在田地外面等着猪肉飘香
挑着柴火回来　一步比一步幸福

过河

一条河隔开了村庄和大山
春天过后河流喧闹不停
夜晚也不曾停止

村庄以及外面的田地
印满了孩子们叶片一样的脚印儿
花朵认识每一个孩子的面孔

山四季更换衣服
挡住了云朵远去的方向
比大人们还难以接近

爬上大山望一望山那面
成了每一个孩子的奢望
这梦想让他经过了一个个白天

在夏天借助一副肩膀　他过河到了山脚
大人去山里采药　他看着衣物

过了中午大人如云朵没有踪影

大山投下的阴影使他惶恐
河那面的村庄和庄稼亲人般温暖
鸡鸣声似一声声呼唤

他记不清是怎样过河回去的　河水
冲走了衣服鞋子　他哭着回到了村庄
后来有许多过河的经历　只是没有冲光衣服

扫房

扫去一年的尘土蛛网　再粉饰
白土熬制的涂料
要干净亮堂地过年

谁传下了这古朴的习俗
清除犄角旮旯不让尘土隔年
以容纳来年的日子

用自家田地长出的高粱扎成扫帚
白土在山后面的土洞里
水是清纯的山泉
这些山里纯朴的事物
装扮朴实的岁月
山里人过着土里刨食的生活

在山里寒冷封冻的腊月
冻不住红火的热情
在门楣上挂起了对联一样的辣椒

搭车

暮春或是晚些时候
田地里的玉米举着两三片叶子
犹如刚出生的孩子经不住风沙吹打

村子外来了辆“东风”汽车
和镇上邮筒一样有春天树叶的颜色
司机的嗓门和汽车一同嗡嗡着

几个大些的孩子趁着司机说话
从一侧偷偷爬了上去在一角藏好
他试探着　眼里闪烁亮光和一丝惊慌

汽车卷着尘土冲向了村外的大路
车厢剧烈地晃动　像那一年的地震
同行伙伴的胳臂费力稳定自己

他在车厢外悬着像是飘动的衣服
那几十里山路比岁月还长
总在以往的生命里颠簸

石牌儿

山里的村落是石头垒的
石头都有各自的名字
孩子们和石头一起在山的怀抱

山里石头比人多
陪伴放牛三叔的是一块石头
被三叔枕得浸满黑夜的痕迹

而我有一块石牌儿比伙伴还好
有手掌大小　像杨树的叶子
在童年游戏里赢来不少欢笑

后来它和童年一起留在了山里
在城里逢人说话还是孤单
夜晚不如石头不能触碰

城里找不到石头　到处是尘土
没有形状的心境难以放置
总想那块石牌儿赢回的快乐

嫁接

那是另一个四季
另一方水土上的花朵
不在一个时节开放

离开亲人和伙伴
离开闺房和阶前的月光
去远方做陌生人的新娘

长长的路　一道道关山
山峰啊　只一座　就锁住了
已被泪水湿透的目光

为什么要远嫁
漫漫一生移居异乡
亲情友情天各一方

这水做的骨肉可服水土
从此故乡只在眺望里
梦中才有温室花房

向北……

向北　所有叶子为我隐身
它们白脸　挣扎
翻开时间的阴影
哗哗地弯下腰——

风还在山谷里出没
寻找溪水的豁口
一遍又一遍搅乱
即将暗淡的天光

是落日　卡在孤傲的山尖
让人心颤的刀口
晚霞多像远在天边的母亲

一只蜜蜂采了花朵的甜蜜

一只诵经的蜜蜂
采了花朵的甜蜜　山路颠簸
叶子探出小指尖
路面留下几个陷阱

这只被甜蜜浸透的蜜蜂
下山的路上歪歪斜斜
几次忘记了经文

春天暴露了树木的心事
四月的阳光　经幡一样
飘荡在燕山的枝枝杈杈

忘记时间的岩石

季节脱去燕山的一件新衣
燕山老了　云朵再也
提不起一颗雨滴

雪花飘飘　铺天盖地
的洁白　让时间静止
抹平燕山的沟壑

群山犹如一张白纸辽阔
天空是它的一潭湖水
没有风

没有翅膀的闪电穿过
只有太阳的娃娃脸
在雪地干净地笑着

溪流从岩石里融化
连同吹送它的北风
时间在燕山上游动

落日在西山谷底燃烧

落日在西山谷底燃烧
山峰举起火把
黄昏烧成黑夜

晚霞是一场祭奠
人们取来火种　告别白天
星星从高处流下时光

睡眠是一次小小的悼念
让我们在露珠里洗净黑夜
和霞光一起穿上清晨的河流

原来太阳也可以俯视

被燕山送向高处　心蹦出嗓子眼
太阳从群山的遮掩中跳出来
还染满初生的血浆

这是冲破黑夜的头颅
缠满山腰的缕缕炊烟
隐现人世的屋顶

靠拢天空　看清生活的矮小
抚摸浮云　日子原来是东山
到西山的间隔　我们眺望的
明天　就在那抹山岚里面

叶子是时光的耳朵

一睁眼　阳光给草木更换了装束
叶子像是耳朵　不时地在风里互动

山峰再高些　就挡住了云朵的脚步
也阻挡了孩子们山那面的想象

这些岁月中的耳朵
装满了黑夜的秘密
风在山谷里吹送

山脚下的阵阵烟雾
遮掩依稀童年　那睡不醒的
清早　晨风也不能把它吹散

城外山

像是城外的一座荷塘
送来水的清凉和微澜
而午后凸起的云朵
便是蓝天怀抱的莲花

白天都被流水运走
晚霞的红裙子　束紧
山峰的腰身　晚风多像
丝绸　摇曳山岚的披肩

听不见燕子的呢喃
燕山还没有升起炊烟
托举荷叶的柳枝　祈求
喂养小草的雨滴

日月星辰　是燕山的花果
一片落叶　被几只蚂蚁
隆重地抬举　折断阳光的是水
月光融化掉最后一粒尘埃

泪眼

是燕山把我推向高处　是夕阳
在远处泪眼婆娑地望着我
是满山的红粉啊……

在塑一个金身
我无法说出晚照，说出汹涌
说出这一刻——
青山半围着，之后的涟漪

斜倚着的夕阳，悠悠的
我是不胜托付的
一个随即被夜色消隐的杯盏

盛不满一束星光
还要执掌萤火
寻找回家的土路

水稗草

谁能体会一棵草的痛苦
水稗草　有着麻雀眼睛一样的籽实
风划过草穗　掠过一畦畦低头的水稻

这是我家乡稻田里的水稗草
让我寻找让我抛弃的水稗草
让我思念让我疼痛的水稗草

夏天它有着稻苗儿的翠绿
在阳光下浅浅地透明
凭着透明和留在手指上的滑润被拔掉

它是稻田里偷偷生长的异类
没有稻苗纵横成行的队伍
悄悄地扬花结实成熟

果实瘦小　形销神苦　举头望天
风中的摇摆成了秋风的姿势
一缕缕淡烟似的草穗儿像天上的薄云

它的孤单是水稻不知道的
它的落寞让秋虫僵尸遍野
水稗草啊，带给我凄凉的怀念和温暖的忧伤

秋雨的收成

还有秋雨的收成　没有入仓
是风的劳作　埋下云的种子
银亮的锄　任风挥舞

这些彩云的蘑菇
这些神仙的粮食
山雀和花喜鹊在收获时唱歌

挥镰的是花喜鹊的姐妹
采摘的心比秋叶静美
霞光灿烂时走进山谷

小草的栅栏围起庭院
落叶的床和落叶的花被子
水和空气做的筋骨

让我们神仙一样地生活吧
在盛满阳光的山里
日子是一颗颗琥珀　散发松脂的香气

秋雨　银杏树

秋后一场透明的雨
带来暮色
带来十一月模糊的背影

银杏树站在初冬的门口
一身金片
有幸被你遇见

寻找归途的异乡人
沐浴风尘
胡须挂着即将滴落的露水

这是十一月的银杏树
金片照耀
点亮回家的土路

十一月的雨水是透明的
雨水中的银杏树是透明的
风挤破异乡人的行囊

外面的秋天

风掉转方向　先是燕麦草感觉到的
潦草地点点头　天上的云朵和草叶下面
的虫声应和着　以不同的方式
它们的表达各怀心事

云朵高远　留下若有似无的影子
风一遍遍擦拭　刮起浮尘
大地纯朴　容纳了天空的抛弃
陨石　羽毛　还有远处的碎屑
雨滴是离家太久的游子

其实　我也是不会歌唱的小虫
不会感恩和表达　沐浴太阳　月亮
却喜欢躲在夜幕里　丢失自己

混迹在秋风里　盲目喜悦
谷穗齐刷刷地弯腰　说不尽的感激
红脸膛的苹果　散发着喜气
我还是什么也说不出来
只好擦拭玻璃　把满目秋天锁住

秋风引领

现在　我要到草地中间
体会被阳光晒热　晒出饱满
一株草经过的　我也一一感受
我有更悠久的年岁和路途

草木年华　有些哆嗦的叶子
只有在正午　脚步坚定
我们有共同的走向　黑夜
浇灌后　对着朝阳露出笑脸

像是仪式　照耀着每一天
天空镜子般透彻　还有盘子
一样的盛情　万物的供果
在秋天展览　星星闪烁

面对西风的勒索　我该
呈上献辞　和大地上的脚步
曾被山岗举到高处　夕阳与我互动
——那次漫长的消融

不远的秋天

秋天不远　核桃叶晾晒着几滴露水
一树将黄未黄的叶子
像蚌捧着隔夜的雨滴

这是晚饭后面的小雨
连接着下午和夜晚
黄昏焖在一口锅里

黑夜下面的火炉
煮熟了八月的蟹
一片又一片树林微醺

不远的秋天　在六环路外面
风穿过天空和楼群的玻璃
高粱举着火把点亮路灯

烟霭沉沉　山岗捧起伤感的落日
走上石阶　看到高于楼群的西山
枫叶将红　那是蓝天下的星盏

枯死一半的色树

这是一棵古树　树龄不详
老人们叫它元宝枫　一代代相传
它的树冠能遮严天空　它的树身
要五个大人手拉手才能围住
隆起的树根　龙爪一样抓起山脊
枫叶经霜变红　像是一颗硕大的
火球　照亮村庄　照亮低处的生活
孩子们爱戴它　常常骑在树根上
眺望　采一两片红叶藏成书签
村民们不敢折断一茎枝杈
断肢会流出红色的血液
这棵古树在一个雨夜
被雷电烧焦　树冠劈开　树身撕裂
火光映红夜空　从此古树一半
焦黑　一半翠绿　每年霜降之后
乡亲将它当成岁月的界碑

我不知道落叶的去处

我不知道哪一片叶子率先落下
也不知道果实是否全部收藏
昨日霜降，秋天已屈指可数

早晨推开窗子，一地金黄的叶子
门前两株桑树裸着枝条
剩下的几片让人不敢咳嗽

这样整齐地聚在树下
像是树冠垂直落了下来
离别的痛苦扭曲了苍老的枝条

失去了叶子的一棵树
在阳光里静默
似乎承受着不属于自己的过错

每一片叶子还有着生命的色泽
激动地依偎在一起

在等待谁说一句话

我不知道落叶的去处
树干一动不动　枝条说出了它的战栗
似乎有许多牵挂

玫瑰早晨

我喜爱燕山冬天的早晨
群山染成了玫瑰色
安静还有些羞涩　像爱着的男人

太阳在一角　高于黑夜和昨天
她身后的手以及伸着手臂的人
在夜里一定追寻了很久

燕山花瓣开得更久
云朵河流这些不回头的游客
带走了燕山的四季和服饰

那被风带到远处的种子
在蓝天的大棚里结满了星星
夜幕里星星哺育着另一个人间

我是不喜欢送花的人
但是愿意将燕山的早晨给你
给你一个冬天的花篮

冬日小镇

让我和晚霞一同老去　黑深入脚心
让白杨树隐身　星星满天
让孩子们扑向妈妈的怀抱

再让风停立树梢　叶子都跑光了
雪花还没有开
云朵去了山那面　不见谁来

小镇是冬日的城堡
铺满晚霞的土路深入山脚
只是你不来　黄昏停留一会儿

玫瑰色的东山让人爱恋
山坡上一丛丛灌木是幸福的
那个移动的人影缓慢　流连

让我们在城堡住下来
黑夜里轻声忆起过往
手心暖着手心　抚摸月亮

细雪

沙沙的　记忆里的声音
在行走　这些阴沉
这些挡住话语的暮色

磨平　变薄　窗纸一样
就要透出光亮
隐约有微风过来

远山隐约　树木显示无辜
炊烟克制着
围绕房舍不愿离去

它们尾随着呼吸
在唇边停下来
是谁的手指碰碰鼻子又拿开

近一些　再近一些
我在自然外面
已经走了好久

冬天是一件外衣

烟和旗帜在风中
舒展　散开　阳光热情
树不动时　冬天的安静近于透明

我和村落在晚照里休闲
影子拉长要和土路并行
黄昏让大地模糊

微凉的是我的伤感　水一样上涨
天边的腮红因为山峰的召唤
夜色从四面环山过来

日光灯无法照亮内心
回家的苹果点燃相思的树叶
野山楂黄苞米是秋天的温暖

洁净的天空啊　山川有些凌乱
有树木环绕　炊烟不再流浪
我在向阳的屋子　穿起冬天的寂寥

那些不经意的雪花

雪花不经意地飞着　它们
都是聚在一起的月光　风的衣裳
夜空被星星包场

地上的落叶　已被西风清扫干净
最后的绿色　连同虫鸣
被一滴水　封冻

还有谢幕的小鸟　省略成符号
沙沙的是时光的脚印
大地的宣纸　洇染河流的墨迹

山峰是琐碎的　那些雪人
喜欢静卧　沉默不语
岁月是结了冰凌的河水

那些不经意的雪花
又像是白天的碎片　来不及着墨
就匆匆融化　静静的没有表达

盼望一场雪

盼望一场雪，那些邋遢的树木
还原树木真身，盼望的雪
依旧在远天后面，灰蒙蒙的

预报晴空干冷，雪都落向北美和东京
这些不关痛痒的地方，堆满屏幕
堆成雪山、雪灾和几十个字的解说

盼望一场雪，把天空滤净
太阳的娃娃脸，吸饱了乳汁
燕山，一池出浴的白莲花

盼望的雪还是来了
只是羞答答的，起初是一片
模糊，之后如一地细碎的麻点

落进人间和草木里
轻薄的一层，人们红脸蛋吐白气
而松树苍黑，一簇簇犹如泼墨

喜欢冬天

树木向着泥土深处生长
夕阳沉进山里
温暖和熔岩在大地的内心

喜欢冬天　小草、树叶和小鸟
放假了　树枝和树枝连接的缝隙
风跑来跑去

耳孔一样的洞穴　松鼠们睡着了
灶膛里是火焰的油画
有门窗装饰　阳光穿过玻璃

围炉煮水　雪在外面化妆
月光是易碎品　风刮破了云朵
月亮比冰面还薄

树枝粗糙的手指抚慰天空
卧在黄昏里回味初恋的红晕
在冬天的寒冷里守住内心的柔情

冬天在这里转身

炊烟变白　就要像云朵那样
冬天让呼吸充满了颜色
喊亮你的名字　若口吐莲花

这是冬天　白杨林举起手臂和誓言
大地已清扫干净　小鸟还有喜鹊
这些唱着歌儿的花朵

玻璃上长满花朵树木
冬眠的小兽们搂紧地下的树根
呼噜、呓语还有星星都是夜里的语言

雪地的反光是阳光和冬天的合谋
山峰在霞光里多像爱美的男人
天空成为装饰他的镜子

我握住阳光的温度
在黄昏退守成田地上的一棵树
星星的纽扣系紧夜色的风衣

雪地上的夕阳

墓碑和它上面的人是有色的
雪地上的余晖温馨清凉
树枝苍老　更老的是乌鸦的叫声

乡村西面的土梁　夕阳已落下一半
蒿草弯曲着　灌木丛是黑色的
裸着的黄土像朴实的脸

恍若时光半掩在黄土边缘
雪在消融　风细弱无声
静静的是黄土上的黄昏

村庄上空炊烟纠缠在树梢上
前杨后柳是房舍的伴侣
黄狗在门前叫嚷不停

离开村庄的人们还没有回来
月亮挂在树杈上像隔年的灯笼
老人偎在门口　玻璃上贴着孩子们的脸

那些雪在春风以前

那些雪保持着它们的洁白
还有风从山的那面
扬着手臂一遍遍地挥洒

时光在冰面上比流水更快
黑夜里哄人入睡的哗哗声
在拐弯处荡起一个个浪花

随之而来的静默
如山外的童年无处寻找
而雪花沙沙地从天外飞来

像一群小女孩轻轻地围在一起
六角形的裙子遮盖着大地
它们有一样的面孔和清香

这是我喜欢的冬天
在大地和山川的高处与太阳对视
清凉如水流划过

雪落燕山

1

一朵雪花飞跑　无数朵在追赶
我听到它们叽叽喳喳地密谋着
先是山岗　然后占满田地和村庄

巨大的静和空旷　还有洁白
比一张纸的内容少　让人隐忍
呼吸以及话语变得洁净

一只鸟　之后是一群——
污点一样　它们来自山后
或是树上的巢穴

划开空气　啄破洁白
像是寻找事物的本来面目
草籽　沙粒　一滴水

或者人们的呼喊
当雪花遮挡起最后一片落叶
燕山干净得禁不住一只鸟的磕碰

2

是天堂的声音吗　我相信
有一个世界在高处
有干净　素洁的生命
他们的语言是洁白的

尘世的风吹着　这些躲闪的
精灵　它们装扮　给山川衣裙
给树木羽毛　给孩子童话和小鸟

阳光洗去灰土　小鸟和孩子们
一起玩耍　他们在白色里躲猫猫
在湖水里救出羔羊
在房子后面垛云朵

这是冬天　在向阳的屋子
读着天空的来信　眼里
溢满了春天的流水

3

我需要这样的底色　天空
倾泻干净　大地铺了一层又一层
留下我与河流

河流只为一个方向
树木不会游动　归去来兮
在一条条重复的路上

烟花在庆祝的时候绽放
不像星星　它们只等夜晚来临
月亮升起　湿润了多少双眼睛

我喜欢太阳出来　挂在天边的霞光
是白天和黑夜经过的两座彩虹门
时间的缰绳牵着我们走过

高于大地的山脉　智者一样
注视着云朵　炊烟　风流逝
人们在泥土里种进逝者的骨殖

4

风吹着　送来远方的湿润
那是亲吻种在了脸上
爱意向心里流淌

播云种月啊　灯火的种子
又描了一层肥
一行行脚印的垄沟
夜归的是劳作的人

在燕山沟沟洼洼里消融
被一棵小草的根须吸纳
或者存在山峰背后晾干

风还在吹　填满光阴的皱褶
把心事播撒在洁白之上
让黄昏在温润里融化干净
连同夜里即将到来的一切

5

傍晚　几丛越过山岗的树枝
支撑起天空　有晚霞透进来

一颗星星赶早地点燃

连天的曲线拢不住起伏的黑暗
大地深处　灯笼远去
雪地上留下河流的伤口

我就是岸边提着灯笼的木杆
在雪花还没有弥漫的时候
站在傍晚的入口　等你

雪花不飞　山峰不开莲的花瓣
河流依旧是河流　注入地脉
天空筛落鸟群　留下星星

草地上的雪人——
一天天在阳光里消瘦
流泪　直到嫩芽举起春天的手臂

6

那些树木变成一片片翎毛
褐色的　棕色的　有些破败的翅膀
提着云朵　浪花涌向天涯

而冬天站在水面上

以决绝的姿态和阳光对视
岸变得模糊

眼睛不是唯一的巢穴
还有井口的嘴巴
用白色的话语交谈

燕山上　玄鸟飞抑或落
早已凝作瞳仁
光芒散落　羽毛遍地

洞穿的烛火　北风也不能吹灭它
固执地燃到天亮
沙沙的脚步声擦黑走了过去

附　录

泥土与桂冠

舒　洁

从故乡贡格尔草原回京，途经热河并穿越苍莽的燕山。我熟悉这片大地，她的往昔与今朝，那些由生动片段结构而成的史实，是我们一再追寻的史诗气象。是的，一切无不根植于泥土，包括人、树木、河流、玉石与百花。一个事实是，在人类世界，只有诗歌才能被称为永不锈蚀的精神桂冠。它充满怀念的特质让我们确信，只有敬畏泥土的诗人，才能触到桂冠之光；在这个世界，将自己视为泥土之子的诗人，会通过诗歌告诉你这种光芒的温度。

徐国志就是这样一位诗人。

大概用了十天时间，我反复阅读徐国志的诗集《徐国志诗选》。我承认，我被吸引、被感动、被深深震撼。《黄土贴》一诗只有十四行，这首诗歌的写作背景是：2014 年七夕，对诗人徐国志，这是一个必须用一生铭记的日子，这一天，是他女儿格格十八岁生日；生日的喜庆还未散去，格格隐疾复发。两个月后，徐国志面对的是让人几近崩溃的现实：女儿格格走了！下面，我引出《黄土贴》一诗，这样的诗歌，足以撑起一部鸿篇巨制。毫无疑问，《黄土贴》是这部《徐国志诗选》的魂灵，因为格格依然活在燕山草木中，她会倾听——

格格　我领你认下这些亲人
爷爷　奶奶　许许多多祖先
都是黄土喂养的　不要怕
还有无数的邻居和伙伴
有村庄　还有花草蝴蝶
门前有一队杏树　开春时
我还会种下大片薰衣草
草木率真　不会大声说话
也不会穿黑色的衣裤
黄土坡向阳安静　我在
不远处的人间　会时不时地
拨开炊烟和杏树枝丫看你
我等待着　冬天过后
黄土坡走下抱着花束的女儿

在《黄土贴》诗尾注解里，我看到诗人写下这样的文字：格格从小害怕黑衣黑裤。写到这里，我突然听到窗外传来急骤的雨声，在华北平原这座古老的都城，我想到一个走向天国的少女，将巨大的人生残缺留给了她的诗人父亲——他，在难以用寻常之语组合心智的人间，以爱、怀念与隐忍书写了《黄土贴》，这是蘸着心血的别辞！如此，我们笃信，格格是踏光而去的，是诗歌之光，祈福之光，父爱之光，是燕山草木永恒的生命，以轮回的静默接住一位诗人的泪水，在泥土深处凝为长久的哀思。

完全可以这样说，徐国志是一位纯粹的诗人。所谓纯粹，是质朴的心地与感觉所决定的诗歌语境，是诗歌桂冠象征的尊严与荣誉，是诗人诚挚的心面对大地叩问时所深怀的谦卑与透明。在徐国志的一系列诗歌中，燕山是一个犹如母体般令人依恋的大意象，她几乎无所不在，她是欢乐，也是疼痛。而诗人的诗歌语感，他如数家珍一样从容的描述，来源于体验后的积累与整合。从他的诗歌里，你会看到燕山逶迤、花草馨香、耕者劳作、亲人守望、家园安然。一个诗人的一生至少有两个故乡，一个是降生地，这也是母亲的营地与茔地；一个是精神的故乡。在强烈的对比中，优秀而内敛的诗人会触摸到暖的东西，比如母亲的目光、孩子的双手、亲人间告别与重逢两种时刻的话语。徐国志的诗歌，是生长在古老燕赵大地的鲜活的植物，在他用诗歌撑起的一片天宇下，女儿格格并未亡失。在《草籽》一诗中，他的表述如此深切——

把你轻轻地送入墓穴
像放进
一粒草籽
将九个布娃娃
还有你喜爱的风衣红皮鞋
一起放进去
心搬空了
像一根草茎
风再吹一吹　会连根飘起
格格啊
你是风随手撒进故乡的草籽
我们便是被吹来吹去的飘蓬

这是让我热泪盈眶的诗歌。今天，能够让我含泪阅读的诗歌鲜见。我不解，拥有数千年写作历程与传统的汉语诗歌，在我们的时代，为何如此落寂与沉沦？难道一些人通过所谓主流诗歌杂志倡导的东西，对人的精神世界果真具有向善与向真的引领作用吗？在此，在评论诗人徐国志的诗歌时，我无意评价任何人的写作。我要表达的是，无论在任何时代，如徐国志这样的感悟与写作才是正道！他的诗歌柔软而不失刚性；坚实而不失蕴藉；宁静而不失灵动；通透而不失醇厚。事实是，以赤子心怀虔诚贴近泥土的诗人是一个群体，看上去，他们似乎身在边缘，远离喧闹中心，但是，他们真的是对时节转换异常敏感的人。他们的诗歌血肉丰满，意象丰沛，拒绝任何粉饰："山里人时常地背负荆条下山/要生火做饭/为一家人取暖/平安地度过冬天/他们靠山吃山/他们砸开石头/取出梦中的金块/他们凿通隧道/连接外面的生活/他们挖地三尺/让先人入土为安/今天我背负着伤痛从山外回来/只求山川谅解/允许将女儿埋在这里"。在这首题为《负荆记》的诗中，徐国志将割腕般的体验揉入心智里。他曾经属于这样的生活，是一个庞大的、极其看重天理伦常的族群中一员，他的生命的根系就是诗歌的根系，这无须刻意；他的请求，是一个泥土之子对故园的信赖，让女儿的灵魂归于故乡——对于诗人徐国志，这种通过诗歌表达的心愿始于对故园泥土的认知，那是流淌在他血液中的生活，源头直指远地：父辈、祖辈、祖辈的祖辈。这是一条河流，诗人亡失的女儿在河流的沿岸，仿佛永远守望着春天。

我们承认，诗歌对人心灵的安慰无可替代，诗歌就如天使，在没有声息的时间里，诗歌天使随时都会莅临。弥漫于徐国志诗歌里的动感、色彩、声音、人与天地，还有比倾诉更深的依恋与怀念，须臾未曾远离他所熟悉并热爱的生活。他是被生命河流激励的歌者，他的诗歌语言恰如燕山草木，在每一个时节都会让凝望者和倾听者从北方的辙痕里看到人的心迹；至关重要的一点是，他忠诚于这一切，包括忠诚于丧失女儿的痛楚。感人的诗歌具有这样的特质：真实、平易、深切、简洁、毫无造作。自然流淌，就是心声："时至今日乡间让我温暖/让我俯首一片谷穗的碰撞/秋风在谷底在河滩/牵出一条溪水/细细的溪水/试图拉起身后的大山/让我们沿着河滩/贴近谷底/融入溪水的山涧/追溯秋风的底细/回到土地深处/回到一棵谷穗的饱满"。（徐国志《乡间》）应该说，徐国志的乡间，是他现实与精神的圣殿，而他的女儿格格，无疑是年年开放在圣殿周围的花朵，那是另一种诉说，在徐国志的诗歌里，这是复活。

除了倾尽心智将颂辞献给额娘和女儿，徐国志的诗歌更多是对燕山草木的悉心描摹。他的散发着泥土气息与植物清香的诗歌，深深依赖少年时代的记忆——某个秋夜，一棵古柳，夜幕下的村庄偶尔传来几声狗吠；一群农人坐在树下说古，那是没有文字记载的历史，是泥土史，村庄史，生存史，繁衍史；其中的传说最能打动一个少年的心灵，比如森林、砍柴的汉子、仙女、精美的食物。一个诗人的写作无须调动少年时代的记忆，那些记忆会自然地闪现而出，像河水的波光，也像村庄古柳上空的星海；诞生于饥饿岁月的理想是冬天御寒的棉衣、棉鞋与每一天果腹的食物；对于一个少年，他的另一种理想是坐上马车去群山的那边看看还有些什么。

中国汉语诗歌描写田园的传统，除了边塞苍莽，就是竹篱溪水；可是，在北方，我是说在科尔沁、热河，一直推到燕山与华北平原一带，四季田园大概有四个象征——春天（女儿），夏天（姐姐），秋天（母亲），冬天（父亲）。在这辽远的土地上，有河流、群山、农田、草原、湖泊、沙漠、森林，更为重要的是，这里有善良勤勉坚忍的人民！徐国志的诗歌，是对美丽忧伤记忆的心灵剪辑。他对其取舍的态度，就是他对诗歌的态度。他试图挽留的一切，显得精美别致，但充满缺失："插在房顶的炊烟/什么也没有摇醒/石墙下面/抱着几块黑色剪影的老人/走遍石阶/依旧找不回一段时光//只有马/在高岗不时甩起响鼻/太阳为它配上金色的马鞍/只有蓝天/连绵的山峰总也摸不着边际"。(徐国志《乡村》)

一种情怀，一种无限的怜悯，一种能力，一种热爱，通过语言与结构完成一种呈现，这是诗歌。每个诗人的精神世界都有一条地平线，这是属于个人的灵异。徐国志的燕山草木，在诗人眼前，也在视野尽头。可以想见，每每入夜，周围的世界安静下来，作为诗人的徐国志，他的神思就会与无所不在的灵异一同飞翔；必须提及的是，在这样的灵异中，有他梦魂牵绕的格格，那个已魂在天国、身在故地的女儿。

徐国志根系满族，严格地说，他是辽阔的科尔沁草原的后人。在他的诗集《徐国志诗选》里，我看到他描写草原的诗章，虽着墨不多，但草依泥土，根植地下，心随魂飞。这是他的优势，中国当代少数民族诗人都有自己的优势。对这种优势最为形象的比喻是，他们无不拥有精神的边疆。若寻根溯源，每一个少数民族诗人的精神疆域都有清晰的轮廓，那是曲折的，像海岸线。在跨出一步就至域外的土地上，那条曲线闪耀金光。无论如何，在未来的岁月里，唯有诗歌才是最后的守望。中国当代少数民族诗人的优势还在于，他们都有不断迁徙的家族史，在历史的激越与动荡中，他们不断强化故乡的概念。这真是流淌在血液中的信仰，而一代一代传承，其形态就如从一棵树木到另一棵树木。

请看徐国志的《燕山草木》——

注定我是恋家的人
离不开燕山的一草一木
它们都是我的亲人

从小草发芽的那一刻
胖乎乎的手指缠住暖风和目光
我们在向阳的山坡述说心事

露水结成霜粒
草穗飘向天空
白杨树睁开了眼睛

还有榆树也说起乡愁
草房的村庄　石头的院落
围不住遇风就散的炊烟

那不是飘散的烟雾
是草木的呼唤
被火舌一次次吹向高处

就是这样，对诗人而言，如果你热爱，你就可以将养育你的村庄称为祖国。

徐国志的诗歌集《徐国志诗选》收入诗歌一百五十七首，这部诗集中的绝大部分篇章都没有脱离诗人深切热爱着的“祖国”。我坚持认为，只有真正意义上的故乡，才能看懂一个诗人的手语——诗歌!

这种源头久远的心灵之愿与心灵之缘，在呈给诗人降生之地的时刻，通常是无声的。一个诗人的手语绝对服从每一寸凝视之地：挥手，象征重逢或告别；垂手，象征敬畏或悲痛；举手，象征誓言或恳求；握手，伸手，象征渴望或坚定。面对清晨，诗人徐国志说：“树木离我最近/一伸手就抓住低处的树枝/在人间/只有草木还往下面生长//霞光也无法穿透大地/群山压住黑夜/把昨天也把额娘隔开/留下清晨和我/以及以后无数个白天/从这个清晨开始/我长成故乡的一棵树/伸向遥远的异乡落叶”。(徐国志《清晨》)

大爱无言。

我不会将徐国志的写作归入乡土诗，或别的什么派系。阅读诗歌，我看重一个诗人的虔诚、真实、彻悟与纯粹性。徐国志是一个能够读懂故乡，也能被故乡读懂的诗人。从他的诗歌世界所散发而出的温情与温暖让我笃信，在另一个空间，他已经为女儿格格安顿好新的家园：“我们将格格栽进泥土/连接地气/期待枯萎的叶子返绿/期待某个清晨/传来开花的声音”。(徐国志《栽进泥土》)

或许是巧合，诗集《徐国志诗选》的最后一首诗歌是《雪落燕山》。雪，燕山，这两个意象都令我感觉亲切。是的，这两个意象就是北方，就是一代一代人百读不厌的自然颂诗；不错，在北方，飘飞与伫立都在那里，只要你仰望，你就能够看到苍茫。

你听，面对雪落燕山，诗人这样歌唱——

高于大地的山脉　智者一样
注视着云朵　炊烟　风流逝
人们在泥土里种进逝者的骨殖

雪花不飞　山峰不开莲的花瓣
河流依旧是河流　注入地脉
天空筛落鸟群　留下星星

燕山上　玄鸟飞抑或落
早已凝作瞳仁
光芒散落　羽毛遍地

我与徐国志不熟，从未与他谋面，但我喜爱这位满族诗人的诗歌。

十天前，《民族文学》资深编辑哈闻通过电话向我推荐徐国志的诗歌，嘱我为他的诗歌集《徐国志诗选》写一篇文字。我提出先看看他的诗歌。我知道，一个诗人评价另一个诗人的作品，需要审慎。原因是，在近三十年里，我们见到太多太多源自诗歌小体系内部的彼此认同与毫不负责的吹嘘，这类经不住风吹的东西一经见诸文字，即已锈蚀。之前，在《民族文学》等刊，我拜读过徐国志的诗歌。此次，在我读毕他的诗歌集《徐国志诗选》之后，在我从诗一样的故乡贡格尔草原回到北京之后，我提醒自己，我遇见了一位令我尊重的诗人。我的拙文，是在反复阅读《徐国志诗选》后开始写作的。其间，我给哈闻打电话，我说了对徐国志诗歌的整体感受，我所表达的核心意思是，我要尽我所能写好这篇文字。有一句话，我没有对哈闻说，这句话是，在我开始写作这篇文字时，有一双清澈美丽的眼睛已在注视我，这双眼睛属于一个精灵，和诗人徐国志一样，这双眼睛让我感觉到揪心与疼痛，她就是已到幸福天国的格格！

诗歌是桂冠，当然就是荣誉。

不是每一个诗歌写作者都懂得珍惜这种荣誉。

我想，我们应该向热爱泥土、将生命的全部寄托献给泥土的诗人们致敬！我要再次说，徐国志是这个心怀对泥土感恩的智慧群体中的一个，他的厚重的诗歌至少提供了这样的启示：你若用心耕耘，养育了我们的泥土就会对你仁慈地回馈。

提前祝贺《徐国志诗选》出版，这是格格最好的纪念。写到这里，我想对国志说，要相信，在人间，我们所有故去的亲人，他们留给我们的，除了音容笑貌和渐行渐远的身影，还有祈福，他们希望我们好好活在人间，无愧于人间。

河流如弦　拨响阳光的手指
青草之上　歌声如缕　星坠玉盘
群山肃穆　亿万年几许白头

万物合鸣　会跳舞的树叶和云朵
日夜更迭晨光和晚霞的帷幕
四季幻化多少迎来送往

摇一摇就灭的炊烟　下面是人间的灶膛
那棵老榆树　即使北风也吹不散它
白茫茫的树冠　遮蔽那面的房舍

用国志的诗《垄头歌》结束此文，以此表达我对他的敬意。
是的，国志，相信我，格格活着，就在诗中。

2015 年 7 月 25 日夜，于北京